脚本：徳永友一
ノベライズ：蒔田陽平

ONE DAY
～聖夜のから騒ぎ～
（下）

扶桑社文庫
0810

本書はドラマ『ONE DAY〜聖夜のから騒ぎ〜』のシナリオをもとに小説化したものです。

小説化にあたり、内容には若干の変更と創作が加えられておりますことをご了承ください。

なお、この物語はフィクションであり、実在の人物・団体とは無関係です。

6

キャスター付きのイスに座らされ、勝呂寺誠司《すぐろじせいじ》は背板を後ろ手で抱えるように拘束される。手には手錠。その状態で、ようやく目隠しを外された。

打ちっぱなしのコンクリートで四面を囲まれた、だだっ広い倉庫のような場所。正面奥のソファに座っていた安斎孝之《あんざいたかゆき》が立ち上がった。

「お前、一体何やってんだ？」

黙ったままの誠司に安斎がさらに訊ねる。

「昨夜から明らかに様子が変だ」

「……」

「なぁ、本当はお前が裏切り者なんじゃねぇのか？」

「……」

「榊原《さかきばら》はそれをつかんだ。だからお前が殺した」

誠司はおもむろに口を開いた。

「俺じゃない」

「お前じゃねえなら、誰が殺《や》ったっていうんだ?」

誠司の脳裏に蜜谷満作《みつたにまんさく》の顔が浮かぶ。

「……」


貸金庫を開き、ケースを取り出したとき、コートのポケットの中でスマホが鳴った。

表示されているのは見知らぬ番号だ。蜜谷は受信ボタンに触れた。

「誰だ?」

聞こえてきたのは女の声だった。

「横浜テレビの倉内《くらうち》と申します」

「なんだ急に。どこからこの電話番号を――」

さえぎるように女が予想外の名前を口にした。

「天樹勇太《あまぎゆうた》さんの件についてお話があるんです。ご存じですよね?」

この女、どこからその名前を……。

「彼と会って話をしました」

「!?」

「いま逃げている逃亡犯、勝呂寺誠司は天樹勇太さんですよね?」

「……ヤツと何を話した？」

「自分は殺していない。真犯人がいると」

「……」

「彼に取材を申し込んだんです。テレビを通じてそう訴えたらいいって」

「なに言ってんだ。ヤツは逃亡犯だぞ」

「だから価値があるんです」

「！……」

「取材には一つだけ条件が。あなたをその場に呼んでほしいって」

あの野郎、俺から主導権を奪うつもりか……。

「……場所はどこだ？」

「野毛山《のげやま》墓地で」

「では、その時間に」

蜜谷に告げると倉内桔梗《ききょう》は電話を切った。

「桔梗さん」と立葵《たちあおい》査子《さこ》が心配そうな顔でスタジオに入ってきた。「本当に大丈夫なんですか？」

「危険なのはわかってる。でも、このチャンスを逃すわけにはいかない」

そう言うと、桔梗は横に立つ黒種草二《くろたねそうじ》へと顔を向ける。

「黒種くん、連絡先ありがとう」

「いいえ。警視庁の刑事と仲よくしておいてよかったです」

「でも、なんで取材場所が野毛山墓地なんですか？」

「場所を指定したのは天樹くんよ」と桔梗が査子に返す。「今は彼の指示に従うしかない」

スタジオを出て行こうとする桔梗に向かって、黒種がためらいがちに口を開いた。

「桔梗さん、気をつけてくださいね。その警視庁の人間が言ってたんです。蜜谷はいつも単独行動で何をしているかよくわかっていない。今回も管轄外の横浜の事件にわざわざ顔を出しているのはおかしいって」

貸金庫のケースから拳銃を取り出し、動作確認を終えると、蜜谷はそれを懐《ふところ》にしまう。銀行から出てきた蜜谷を物陰から八幡柚杏《やはたゆあん》が監視している。立ち去っていく蜜谷を見送りながら、柚杏はスマホを取りだした。

カウンターの上で鳴りはじめたスマホを手に取った立葵時生《ときお》は、画面に表示されている見知らぬ番号に怪訝《けげん》な顔になる。

「はい？」

「蜜谷の容体《ようだい》がわかった」

知らない女の声だ。

「え？」

「今どこにいるの？」

「どこって？　店ですけど？」

「店？　どこの？」

「え？　いや自分の」

「？」

「あなた、誰ですか？」

「!?」

「もしもし？」

嚙み合わない会話のあと、唐突に電話は切れた。

「あ、切れた」

怪訝そうに手の中のスマホを眺める時生に、竹本梅雨美《たけもとつゆみ》が寄ってきた。

「どうしたの？」

「いや、わからない。知らない女からかかってきた」

ふたりの会話に、聞き捨てならぬと蛇《じゃ》の目菊蔵《めきくぞう》が振り返る。

「女!?」

「昔の女じゃない？」

からかうように梅雨美に言われ、時生はあからさまに動揺しはじめる。

「な、なに言ってんだ。え？　そんなことあるわけ……あるのか？」

誠司にかけたはずなのに、出たのは知らない男だった。

柚杏は手の中のスマホを眺めながら、つぶやく。

「どういうこと……？」


手にしたスマホに時生はふたたび目をやる。履歴を見ようとするもロックがかかってしまっている。すぐに認証画面に顔をかざすも、なぜか開かない。笑ってみたり、顔をしかめたりといろいろ表情を変えて試すも、反応なし。仕方がないのでパスコードに切り替え、「1224」と数字を打ち込む。しかし、開かない。

「あれ？　おかしいな」

打ち間違えたのかと何度も試すが、やはり画面は開かない。悪戦苦闘している時生に、

「シェフ」と菊蔵が声をかける。

「私はこれから武智《たけち》くんを迎えに駅まで行ってきます」

「タケチ？」

「手伝いに来てくれるシェフ見習いの方です」

「ああ、そうか。すみません。お願いします」

菊蔵を送り出し、時生はふたたびスマホの画面に向かう。

番号変えたっけ？

「いい肉食べよう鎌倉幕府」とつぶやきながら『1129』と打ち込むも駄目だった。

マジか……。

1、0、0…。コンビニのマルチコピー機の操作画面にパスワードを打ち込んだ真礼《まれい》は、排出トレイに出てきたA4サイズの紙を手にし、出来上がりを眺めた。その紙には、呑気《のんき》な顔をしてお座りしているミニチュアブルテリアの写真とともに「犬を探していま

す」の文字が書かれている。

「フラン……、必ず見つけてやるからな……」

真礼は、悲壮な声でそう呟いた。


薄暗い倉庫では誠司への尋問が続いている。

「誰が榊原を殺したのか、俺は今それを探ってるんだ」

誠司の訴えに、安斎はまるで耳を貸そうとしない。

「誰がそれを信じろって？」

そう言って、安斎は誠司に一枚の写真を見せた。写っているのは蜜谷だった。隠し撮りしたのだろう、ピントが甘い。

「榊原は蜜谷を追っていた。蜜谷は頻繁にこの場所にひとりでやって来ては、ものの五分程度ですぐ帰っていったそうだ」

安斎はソファへと戻り、テーブルの上にもう一枚写真を置く。

「そしてもうひとり、この場所に来ていた奴がいた」

部下のひとりが誠司のイスを安斎の前へと押していく。テーブルの上の写真を誠司が見ると、写っているのは自分だった。

「!?」

「お前が来たのは蜜谷が立ち去ってから一時間後。昨夜、榊原が殺される直前、俺のところに連絡があった。これから誠司と話をつけると」

「……」

「そして、殺された」

写真の誠司にナイフを突き立て、安斎が問う。

「俺は……どっちを信じると思う?」

「……」

※

報道フロアの副調整室に桔梗、査子、黒種、そして国枝茂雄《くにえだしげお》が集まっている。

「独占取材?」

「そう」と桔梗が国枝にうなずく。「クニさんにも協力してほしいの」

「おいおい、自分らが何やってんのかわかってんのか?」

「やっぱマズいですかね」と黒種の表情が曇る。「なんだかずっと胸がドキドキしちゃって……大丈夫なのか、本当にこんなことして……」

そんな黒種に査子が失望のまなざしを向ける。

「僕だって報道マンだって言ったじゃないですか」

「そうは言ったけどさ……急にドキドキがすごいんだよ」

前島洋平《まえじまようへい》から桔梗がまだ事件報道をあきらめていないとの報告を受け、折口康司《おりぐちこうじ》は胸を押さえて壁に寄りかかった。

「ダメだ……急に胸が苦しくなってきた」

「大丈夫ですか？」

前島が駆け寄ると廊下にいた社員たちも次々と集まってくる。

「大丈夫なわけないだろ！」


桔梗は国枝を熱く見つめた。

「クニさん、お願いできませんか？」

「馬鹿野郎」

がっかりする桔梗と査子に向かって、国枝はニヤッと笑った。

「俺以外にそんなスクープ誰が撮れるんだよ」

「ありがとう」と桔梗が微笑み、「あ〜」と黒種は胸を押さえる。

「で、どうすんだ？」

「インタビュー現場には私とクニさんで行く。現場から連絡するから黒種くんはここに残ってて」

「はい」

「私は？」

訊ねる査子に桔梗は言った。

「事件の流れを整理して。あ、それと……もう一度葵亭に戻って、お父さんから独占インタビューを取ってきて」

「え？」

「逃亡犯と直接対峙した人からの話じゃないとインパクトが弱い」

「あ、はい」


「狩宮《かるみや》さん！」

部下の杉山泰介《すぎやまたいすけ》に呼び止められ、狩宮カレンが振り向く。

「本部から連絡が。野毛山墓地に勝呂寺誠司が現れるとの匿名情報が入ったそうです。そこに蜜谷管理官も来ると」

「え!?」

目的地に向かって歩きながら、笛花《ふえばな》ミズキが携帯で牧瀬護《まきせまもる》に指示を出している。

「誠司さんの居場所ならわかってる。俺はそっちに向かう」

「はい……」

「今夜の取引まであと七時間しかない。お前は邪魔な奴を消せ。今度は確実に」

「杉山。あなたは先に野毛山墓地に向かって」

「狩宮さんは?」

「私もすぐに追いかけるわ」

「はい」

車に戻りかける杉山に「それと」とカレンは指示を重ねる。「組対《そたい》に問い合わせて勝呂寺誠司の素性を早く出させて」

「はい」

「わかった」

誠司は安斎にうなずいてみせる。

「仮に俺が裏切り者だったとしよう。けどお前らは、今の俺に手ぇ出せねえだろう。今夜の取引に必要なんだから」

「開き直るつもりか？」

「事実を話しているだけだ。てか、俺も聞きたい」

誠司は安斎の目を見据え、言った。

「俺を拉致《らち》ってる本当の理由はなんだ？」

安斎の口もとに歪んだ笑みが浮かんでいく。


待ち合わせた馬車道《ばしゃみち》駅へと続く階段の脇に立ち、菊蔵が時間を確認する。待ち合わせ時間まであと五分。武智はまだ来ていないようだ。

その背後では真礼がビラを配っている。自作した尋ね犬のビラで、フランの写真と詳細な情報が記されている。

「犬を捜しています。白いブルテリア。見かけた方は連絡ください。お願いします」

しかし、受け取る者は誰もいない。差し出した手が足早に歩き去る若者にぶつかり、真礼の手からビラが舞う。

通りがかった武智倫太郎《りんたろう》は、思わず駆け寄った。落ちていたビラを拾い、「大丈夫ですか？」と真礼に手渡す。

ようやく現れた親切な人に、ここぞとばかり真礼は訴える。

「犬が？」

「いなくなっちゃったんですよ、今朝から」

「うちも実家で犬を飼っているんです」

「ああ、そうなんだ。名前は？」

「シロです」

「シロ!?」

ふいに突風が吹き、まだ拾っていなかったビラが道の向こうに飛んでいく。武智が慌てて、そのあとを追う。

フライパンの上の塊肉に火を入れながら、時生が訊ねる。

「見習いって、どんな奴が来るんだ？」

「武智くんって田舎から上京して料理の道に入ったんだって」

菊蔵から得た情報を梅雨美が披露すると、「あるあるですね」とアルバイトの細野《ほその》一《はじめ》が返す。

「でもね、最近仕事をしていても全然楽しそうじゃなくて、本当に料理人になりたいのか悩んでるんだって」

「あるあるですね」

食材を運びながら梅雨美が時生に言う。

「シェフ、優しくしてあげてよ」

「俺はいつだって優しいだろ」

「いや」と細野は小さく首を振る。「たまに怖いときありますよね?」

「あるね、確実に。ね、山田」

葵亭の警備のために残された警察官である山田隆史《やまだたかし》は、まるで店のスタッフの一員かのように馴れ馴れしく振られて困惑気味にうなずいた。

「はい」

GPSが点滅するスマホ画面と目の前の洋食屋を見比べ、ミズキは首をひねった。

「ここに……？」

頭に疑問符を浮かべたまま、ミズキは葵亭のドアを見つめる。

「よし、せっかく手伝いに来てくれるんだ。ここで料理の楽しさを教えてやるか」

「いいね、それ。賛成！」

梅雨美に続いて、細野と山田が「賛成」と手を挙げたとき、ドアが開く音がした。

「あ、来ました」

細野が言い、一同が入口に目をやる。

背の高いスマートな青年が戸口に立ち、店内に視線を走らせている。

「楽しく……楽しく……楽しく……」

自分に言い聞かせながら厨房を出た時生が、満面の笑みを浮かべて歩み寄る。

「待ってたよ！」

一緒に出迎えた梅雨美と細野と肩を組み、声をそろえる。

「さあ、一緒に楽しく働こう。武智くん！」

「？……」

「じゃ、そっちは任せたから」

査子と黒種に告げ、桔梗は国枝と一緒に機材置き場へと向かう。入れ違うように折口が現れた。

「黒種くん、倉内は？」

背後から聞えてきた声に桔梗はビクッとし、カメラを持つ国枝とともに固まった。

「え……あ、いや……」

口をもごもごさせながら黒種は胸を押さえる。慌てて査子が助け船を出す。

「いったん家に戻るって言っていました」

「家に？」

「はい。『ミュージックフェスティバル』の前には戻るって」

「おう、そうか……。前島くん」

「はい？」

「ちょっと」

折口は前島を手招き、奥へと連れていく。

桔梗が黒種と査子に親指を立て、国枝と一緒に報道フロアを出ていく。

折口の様子をうかがう査子に、黒種がボソッと言った。

「女って怖いよね……」

「え？」

「平気で嘘つけちゃうんだから」

「それ、ハラスメントですよ」

「あ、ごめん……」

いっぽう、折口も声をひそめて前島に告げる。

「あれは絶対嘘をついている。俺は何度も女に騙されてきたからよくわかる。今から君に大事な任務を与える」

「はい」

「絶対にあいつらから目を離すな。絶対にだ」

強く肩を叩き、その目をじっと見つめる。

「……わかりました」


安斎はテーブルに置いた誠司のスマホを手に取り、言った。

「お前のスマホに今夜の取引に必要なアプリが入っている。そのアプリを開けるのはお前の顔認証だけだ」

「……」

「どうした？　知らねえってわけねえよな？　幹部連中ならみんな知ってる情報だ」

「……だからなんだ？」

「その認証を俺の顔に変更しろ。そうすりゃ、今夜の取引に必要なのはお前じゃねえ。俺だ」

「……わかった」

安斎に応え、誠司は横に立つ部下の腕時計をチラと見る。

十三時三十七分。約束までもう時間がない。

※

杖をついた蜜谷が野毛山墓地へ向かって歩いている。小さな橋に差しかかったとき、ふとその足が止まった。橋の向こう側にカレンの姿がある。

ふたりはゆっくりと歩を進め、橋の真ん中で対峙した。

「病院を抜け出して、どちらへ行くつもりですか？」

「……邪魔だ」

行こうとする蜜谷にカレンが告げる。

「蜜谷管理官が轢《ひ》かれた場所に勝呂寺誠司がいました」

蜜谷の足が止まった。

「その映像に映っている彼のことを、アマギユウタと呼ぶ人間が」

「！……」

「昨夜起きた発砲事件。逃亡犯がなぜか警察署に現れ、またすぐ逃げ出した。逃がしたのは蜜谷管理官、あなたですよね？」

「何が言いてえんだ？」

「この事件、最初から何かがおかしい」

「……」

「私は勝呂寺誠司が犯人だとは思えない」

「……真犯人がいるっていうのか？」

「はい」

「誰だ？」

「それを一番知っているのは、あなたなんじゃないんですか？」

「……」

野毛山墓地のど真ん中に国枝はロケ車を止めた。助手席のシートベルトを外しながら桔梗が国枝に言う。

「じゃクニさん、お願いしますね」

「ああ、任せておけ」

車から出ていく桔梗に国枝が声をかける。

「桔梗。気をつけろよ」

「はい」


誠司さんとこの店の関係がまるでわからない。

とりあえず様子を見ようと、ミズキは言われるがまま厨房に入り、渡されたエプロンを身につけた。

「似合ってる〜」

梅雨美が手を叩き、細野もミズキの全身を見回し、「決まってますよ」とうなずく。

ミズキの困惑を気にも留めず、「武智くん、これをみじん切りにしてくれないか?」と時生は作業台に玉ねぎの入ったボウルを置く。

「みじん切り？」

「ああ。思う存分好きなだけ切っていいぞ。楽しくな」

「一流フレンチ店で磨いた包丁さばきを見せつけちゃってくださいよ～」と細野が言い、

「楽しくだよ」と梅雨美が馴れ馴れしくミズキの背中を叩く。

「……」

「ねねねね、武智くんてさ、モテるでしょ？　彼女とかいないの？」

梅雨美に訊かれ、ミズキが答える。

「いえ、今は」

「またまた～」とさらに馴れ馴れしくひじ打ちをくらわす。

「言っとくがな、顔でモテるのは二十代までだぞ」

新たな作業を始めながら時生が言い、「そうなんすか？」と細野が返す。

「三十代からはな、男ってのは仕事だ」

「たしかに」と細野はうなずく。「仕事できる男ってのはカッコいいっすよね」

「仕事ができるってのもそうだが、仕事を楽しんでる男に女ってのは夢中になるものなんだ」

「あるね」と今度は梅雨美がうなずいた。

「武智くん。仕事ってのはな、楽しむものなんだぞ」

「いえ」

包丁を手にし、その研ぎ澄まされた刃を見つめながら、ミズキは言った。

「仕事は命懸《いのちが》けでやるものです」

一瞬、厨房が静まり返る。

「重っ……」と細野がツッコみ、時生は苦笑する。

「まあ、そういう心意気はいいとは思うが……」

「そういうとこじゃない？　仕事楽しめないのって」

梅雨美に言われるも、ミズキは包丁を手にしたまま表情を変えない。

「武智くん？　とりあえず切ろう。手を動かして」

「楽しくだよ～。トントントントンって」と梅雨美が笑顔を向ける。

「はい……」

ミズキは大きく息を吐くと、玉ねぎに向かってダンッと包丁を下ろした。

「そうそう、楽しみながらその感じ……」

時生の口の動きが止まる。料理人とは思えないほど、その包丁さばきは拙《つたな》いのだ。

え……。

「国際犯罪組織アネモネ。アネモネは普通の商売もしているが裏では違法薬物を売りさばいている。今そのトップにいるのが若きボス、笛花《ふえはな》ミズキだ」

「それと勝呂寺誠司にどんな関係が？」

カレンに問われ、蜜谷は言った。

「今夜、でかい取引があるとの情報をつかんだ。その中心にいるのが勝呂寺誠司だ」

「勝呂寺誠司は……」

「アネモネの一員だ」

「！」

「なぁ」と蜜谷はカレンに顔を向ける。「取引が終わるまでヤツを泳がせろ」

「え？」

「そうすればお前が言う真犯人を差し出してやる」

「！……」

「無理にとは言わねえよ」

そう言うと、蜜谷は足を引きずりながら去っていった。

「……」

手錠を外され、スマホを渡される。しかし、右手はイスにつながれたままだ。起動させようとして、すでに電源が入っていることに気づき、誠司は「?」となる。

「この取引でアネモネは大きく変わる」

そう言って、安斎は誠司をうかがう。誠司はスマホをじっと見つめている。

「どうした? お前がずっと言っていたことだぞ」


スローモーションのようにゆっくりとみじん切りにされていく玉ねぎを、時生たちは
あ然と見つめる。辛抱《しんぼう》たまらず時生は訊ねた。

「武智くん、包丁持って何年……?」

どう答えていいのかわからず、ミズキは自分がボスになってからの年数を言った。

「まだ……二年です」

「二年で……それか……」


電源は入っているがロックが解除されない。今までは指紋認証で開いたのに……。

スマホ相手に誠司が手こずっていることに気づかず、安斎は語りはじめる。

「二年前。ミズキさんがアネモネを仕切るようになったときから、俺はずっとお前が目障りだった」

クソッ、なぜ開かない……!?

「二年っていったって……あの一流フレンチ店に入ることができたんだから逸材なんじゃない？　ね、山田」

「は、はい……」

「相当なポテンシャルがあるんでしょうね……」

厨房の裏に回った梅雨美たちが小声で話す。厨房ではミズキが夢中で玉ねぎを切っている。刃物を持つと自然にテンションが上がるのだ。

その頃、菊蔵は馬車道駅の階段脇でスマホ画面をにらみつけていた。時刻はすでに午後二時を回っている。

「遅すぎる……」

まな板の上に山盛りになっていくみじん切りにしては大きすぎる玉ねぎの欠片《かけら》に耐え

切れず、ついに時生がミズキを制した。

「ほ、包丁はもういい……。これを混ぜてドレッシング作って」と材料が書かれたメモを作業台に置く。

「はい」

無表情でメモを見下ろすミズキに、時生は言った。

「武智くん？　もっとほら笑って仕事しよう」

「そうそう、笑いましょう」

細野がニコッと笑ってみせ、「肩に力が入っちゃってるんだよ」と梅雨美が馴れ馴れしく肩を揉む。


フランを捜す道中、散々悩みを聞かされた真礼が街路樹にビラを貼りながら武智に訊ねる。「そんなに楽しくないいんだ？　今の仕事」

武智はうなずき、言った。

「自分にはこの仕事は合ってないいんじゃないかって」

「そうか……」

「料理ってのはな、作る人のその日の気分が出ちゃうんだ。料理を通じてお客さまに伝わっちゃうんだよ。いくら食材がよくたって、どんよりとした気持ちで仕込んだものや仕上げたものは一級品とは言えない」

しかし、ミズキは聞いちゃいない。カウンターの隅に置かれているスマホに気づき、目が釘づけになっていた。

誠司さんのスマホだ……！

「おふくろの味っていうだろ？　あれはそういうことなんだ。母親の愛情がこもってるから美味しく感じ、懐かしく感じ、何歳になってもまた食べたいと思うんだ」

「いいこと言った、シェフ」と梅雨美が拍手。

「なんか俺、グッときちゃいました」

細野も素直に感動している。

ふたりの好反応に時生はドヤ顔になり、舌はさらに滑らかになっていく。


野毛山墓地内にある天樹悟《さとる》の墓の前に桔梗が立っている。最近誰かが訪れたのだろうか。墓にはまだ手向《たむ》けられて間もないと思われる花が供えられていた。

市民を守るために人を殺《あや》め、その罪の重さに押しつぶされた心優しき人……。

桔梗は目をつぶり、そっと手を合わせる。

石畳をコッコッと叩く音に目を開け、振り向く。背の高い強面《こわもて》の男が杖をつきながら、近づいてくる。

※

黒種のデスクに自分のノートパソコンを置き、ミズキの顔をはっきりととらえた検問突破の映像を見せながら、査子が言った。

「何かおかしくないですか？　検問を突破した男と発砲事件との関連、警察から全然発表されてないですよね」

「たしかに、ちょっと変だよね……」

自分のデスクについた前島がふたりの会話に耳を澄ませている。

そこに音楽班のスタッフが声をかけてきた。

「すみません。こっち手伝ってもらえますか？」

「あ、はい。すぐ行きます」と査子がパソコンを戻し、自席を離れる。チャンスをうかがっていた前島が査子のデスクに近づいていく。そーっとパソコンを開いたとき、背後から黒種に声をかけられた。

「何やってるの？」

「！……いや、べつに」と前島は逃げるように去っていく。

不穏な動きに黒種は不安になり、音楽班の島にいる査子のもとに向かった。

「査子ちゃん、査子ちゃんの分は僕がやるからお父さんの取材、急いで」

「あ、はい。じゃ行ってきます」


天樹悟の墓の前で桔梗と蜜谷が対峙している。

「警視庁の蜜谷さんですか？」

「あんたが倉内か」

桔梗が丁寧に頭を下げる。

「なぜあんたのところにヤツから連絡があったんだ？」

「天樹くんは大学時代のゼミの後輩なんです」と桔梗が答える。「自分が誰なのか知りたいと言っていました」

「ヤツは昔のことも何も覚えていないのか……？」

「はい。ただ、今は勝呂寺誠司と呼ばれていると」

「……」


皆とは少し離れた厨房の奥でミズキがドレッシングを作っている。

「どうだ武智くん」と時生がやって来た。「ドレッシングはできたか？」

「はい」とミズキがボウルを差し出す。

「どれどれ？」と味見し、時生は吹き出した。「なんだこれ」

「どうしたの？」

「おう、これ」と時生は作業台にボウルを置く。

梅雨美と細野が味見をし、同時にむせる。

「白ワインビネガーが強すぎますよ」

咳き込みながら言う細野に、「それだ」と時生がうなずく。

「……だんだん腹が立ってきた。一体なんだったらまともにできるんだ？」

自分の仕事は終わったとばかりにスマホを触っているミズキに時生が詰め寄ろうとする。すかさず梅雨美が「シェ～フ」と制する。

「楽しくですよ、楽しく」と細野。

「ほら、こうやってね、お砂糖入れれば大丈夫だって」

梅雨美が笑顔で砂糖を加え、「それにハチミツなんかも入れちゃったりして」と細野もドレッシング作りに参加する。

「あ〜、楽しいね。料理って」

「楽しいっすねぇ」

微笑みながら手を動かす梅雨美と細野を見て、時生も怒りをこらえ、笑顔をつくった。

「そうだな。楽しくだよな」

そう言って、さらにいくつかの調味料を入れ、味を調《ととの》えていく。

いっぽう、ミズキは皆に背を向け、スマホを操作していく。履歴から誠司の番号を呼び出し、発信ボタンを押す。

すぐにカウンターの上でスマホが鳴りはじめた。

「シェフ、携帯が」と山田が声をかける。

「誰からですか?」

細野が画面を覗き、言った。「ミズキって人から」

「みずき……また女!?」と梅雨美が時生をにらみつける。

慌てて時生は首を振った。

「俺は知らない。誰だ?　みずきって?」

「シェフ……まさか出会い系とかやってないよね？」と梅雨美が取り調べ中の刑事の目つきで迫っていく。

「なに言ってんだ」

「じゃパパ活だ」と細野。

「やるわけないだろ！」

時生がスマホを取ろうとするのを見て、ミズキは発信を止める。

「あ、切れた……」

「みずき？　そんな女いたか……？」

ブツブツ言いながら時生はスマホのロックを解除しようとするが、やはりパスコードではねられてしまう。

「あ〜、やっぱりダメだ」


「……開かない……」

「もういい。下手な芝居しやがって」

スマホを手に戸惑う誠司に安斎は拳銃を突きつけた。

「彼には二つ名前がある。私の知っている天樹勇太と、私の知らない勝呂寺誠司」

「……」

「一体、天樹くんに何があったんですか？」

桔梗は蜜谷の目を見据え、訊ねた。

「すべての鍵を握っているのはあなただと言っていました」

「……」

「真犯人はあなただとも」

「！……」

「これはただの発砲殺人事件じゃありません。殺されたのはある組織の人間だった。勝呂寺誠司はそこの一員。そして今、あなたはその組織から命を狙われている」

「……」

「教えてください。何が起こっているんですか？」

「勝呂寺誠司はその組織から裏切り者だと疑われている。これ以上ヤツに近づくとあんたの命も危ねえぞ」

「……」

「それに見てみろ。こんなんじゃいつまで経ってもヤツは姿を現わせねえ」

そう言って、蜜谷は桔梗を目でうながす。いつからここにいたのだろうか。周囲には墓参を装った刑事たちの姿が何人も見受けられる。

墓の列の陰で張り込んでいる杉山のほうへカレンが歩み寄っていく。

「勝呂寺誠司は?」

「まだ現れていません。ただ……蜜谷管理官とあのキャスターが」

「キャスター?」とカレンは杉山の視線の先へと目をやる。蜜谷の隣に横浜テレビのニュースキャスターの姿が見える。

なぜ、彼女が……?

「警察に電話したのは私です」

桔梗の言葉に蜜谷は驚く。

「天樹くんから頼まれたんです」

誠司はインタビュー場所に野毛山墓地を指定したあと、こう言った。「蜜谷が動けると知ればまたあいつらが狙ってくる。まだ蜜谷に死なれちゃ困るんだ」と。

「だから彼は死角がないこの場所を指定し、誰にも手出しできないよう警察を配備させろと要求してきたんです」

「なるほどな……けどヤツの狙いはそれだけじゃねえ」

「？」


銃口越しに安斎をにらみ、誠司は言った。

「俺は今、野毛山墓地で蜜谷と会うことになっている」

「!?」

「その情報を警察に流した」

動揺し、銃口がわずかに揺れる。

「もしこの場所に俺を狙う組織の人間が来たとしたら……警察の誰かとアネモネの誰かがつながっていることになる」

蜜谷の言葉の意味に、桔梗はすぐに気づいた。

「だとしたら、天樹くんは裏切り者ではない」

誠司の意図を察し、安斎は銃を下ろした。部下をうながし、スマホを受けとる。

「今、私の同僚にこの現場の状況を撮影してもらっています」

蜜谷にそう伝えた直後、墓地が見下ろせる高台に陣取った国枝が撮影した現場の俯瞰《ふかん》映像が、黒種を介して桔梗のスマホに送られてきた。

「確認してください。この中に組織の人間が来ているかどうか」

差し出されたスマホで蜜谷が映像を確認していく。すぐに牧瀬の姿を発見した。


電話がつながり、安斎は訊ねた。

「牧瀬……お前、今どこにいる？」

「野毛山墓地」

「……そこで何してる？」

「蜜谷を消せとミズキさんに言われて」

「どうしてその場所にいることがわかった？」

「！……それは……」

わずかの沈黙のあと、ふいに電話は切れた。

安斎が苦々しい表情で誠司を振り向く。

スマホ画面を見ながら蜜谷が言った。

「あいつの読み通りだ。警察の情報は筒抜けだ」

「え……？」

※

カウンターに置かれたスマホを時生、梅雨美、細野、そしてミズキが見つめている。

「俺のスマホじゃない」

「もうちょっと早く気づけなかったかな」

あきれたように細野が言った。スマホは自分の分身であるZ世代にとっては、他人のスマホを持っていて気づかないという神経が理解できない。

「てか、どこでどう取り違えたの？」

梅雨美に訊かれ、「わからない」と時生は首を横に振る。

「やっぱさあ、これは交番に届けたほうがいいんじゃない？」

梅雨美の提案に、「そうだよな」と時生はスマホを手に取った。

まずい……。

内心で焦るもミズキにはどうしようもできない。

「いや、交番に届ける必要ないですよ。警官ならここに」

細野が山田に目をやり、「それもそうか」と時生はスマホをカウンターに戻す。

「このスマホは私が。みなさんは仕込みを続けてください」

そう言って、山田はスマホを手に取った。

もっとまずい……！

動揺が伝わったのか、時生が怪訝《けげん》そうにミズキを振り向く。

「武智くん？　君までここにいなくていいから。仕込みをやって、仕込みを！」

「シェフ！」

梅雨美と細野が同時に声を発し、「落ち着いて」とジェスチャーで示す。

「あいつはここには来ねえってことだな」

「彼からまた指示が来ることになっています。彼はこの場所で見るべきものがあると言ったんです。おそらくそれは……」

蜜谷に話しながら、桔梗は花が供えられた墓に目をやる。

公園のウッドデッキを武智と並んで歩きながら、真礼が言った。

「武智くん。『あきらめる』という言葉ね」

「はい……」

「後ろ向きな印象が強い言葉だけどさ、あきらめるの語源は明白の明と書いて『明らむ』。明かにすることだと言うんだ」

「明らかに……」

「だから君が料理の道半ばで自分には向いていないということが明らかになり、ほかの道に進んだとしても、それは決して後ろ向きなことじゃないんじゃないのか」

「！」

「僕はそう思うけどね」


「誠司。お前何か勘違いしてねえか？」

気を取り直したように安斎は言った。

「俺はお前が裏切り者かどうかなんてどうだっていい。ただお前を排除して、ミズキを引きずり下ろしたいだけだ」

「……」

「たしかにお前の能力は認める。決して手を汚さないスマートなやり方で、この五年の間いくつものトラブルを解決してきた。ミズキがボスに認められたのもお前のおかげだ。お前さえいなければ、ミズキは潰れる」

安斎はふたたび誠司に銃を向けた。

「……だから俺をここで殺すのか？」

「殺す？」

安斎は愉《たの》しそうに笑って、続ける。

「違う。お前はここで自ら死ぬんだ。記憶を失い自暴自棄になった末の自殺」

「！」

「バレてないとでも思ったか？」

「……」


厨房で作業をしつつもミズキはフロアの山田が気になって仕方がない。

どうにかしてスマホを取り戻さなければ……。

「手は止めない！」

声に振り向くと、時生がにらんでいる。

「武智くん、わざわざ手伝いに来てくれてるのにこんなこと言いたくないが――」

「だったら言わなくていいんじゃないかな？」と梅雨美が慌てて割って入る。

「ここはグッと抑えるべきかと」と山田も厨房に寄ってきた。

しかし、時生の堪忍袋の緒はすでに切れていた。

「ダメだ。最近はな、何を言うにもすぐにパワハラだなんて言われるからって若い奴にビビって甘口すぎる」

「でも、楽しさを教えようってシェフが」

細野が言うも時生は譲らない。

「ダメなものはダメ！　なってないものはなってない！　辛口で言ってやるのが本当の指導ってもんだろ」

ミズキは面倒くさそうに背を向け、途中だったゆで卵の殻剥《からむ》きに戻る。そんなミズキに時生は大根を突きつけた。

「武智くん、君は大根をおろすとなぜ辛くなるか知ってるか？」

「今は知らなくていいんじゃないかな？」と梅雨美。「知りたくないで～す」と細野もガードに入るが、時生は気にせず説教を続ける。

「大根をそのまま食べても辛くはない。だが、おろすことで細胞が壊され、結合していた辛み成分が解き放たれるんだ。つまり、辛口を言える人間というのは自分自身が大根のように何度も何度もすり減らされ、すり減らされ……」

そのとき、ミズキのポケットでスマホが鳴った。ミズキはスマホを取り出すと、躊《ちゅう》躇《ちょ》なく厨房を出ていく。

梅雨美たちがあ然と見送るなか、時生の怒りが爆発する。

「武智!!」

そのとき、カウンターの電話が鳴った。

店の奥、トイレの前でミズキは電話をとる。

「どうだ?」

「ダメです」と牧瀬が答える。「警察が配備していて蜜谷に近づけません」

「!」

梅雨美が受話器をとり、応答する。

「え? 武智くん?」

時生は大根を頭に当て、どうにか怒りを鎮めようとするがうまくいかない。

「ダメだ。武智といると血圧が上がる」

「え？　来られなくなったって？」

聞こえてくる梅雨美の妙な受け答えに、細野と山田は怪訝そうに目をやる。

「全然楽しくない。これじゃいないほうがマシだ」

「え？　辞めることにした!?　え……ごめんなさい。どちらの武智くんですか？」

時生の耳にもようやく梅雨美の声が届く。

「梅雨美、誰と話してんだ？」

受話器を持ったまま梅雨美が時生を振り返る。

「武智くんと……来られなくなったって……」

「いや、武智くんなら今、来てますよね？」と細野がトイレ前で電話をしているミズキを指さす。

「ん？」

一同は顔を見合わせた。

スマホで時間を確認すると、すでに誠司から連絡が入るはずの午後二時を十五分も過ぎている。

「遅い……」と桔梗の顔に不安の影が宿る。

「……電話してみるか」

「番号知ってるんですか？」

「俺は組対の人間だ。それぐらいの情報は持ってる」

桔梗は疑わしげな視線を向けつつ、蜜谷に言った。

「……今は深く追及しません。連絡とれるならお願いします」

「あんたがかけてくれ。俺がかけると怪しまれる」


電話を切ったミズキはフロアへと視線を向けた。山田は誠司のスマホをテーブルに置いたまま厨房へと移動している。

チャンスだ……。

いっぽう、厨房では皆が猫の首に鈴をつける役割を押しつけ合っている。

「俺はいいよ。ここは梅雨美が」

「はぁ？　なんで私が!?」

梅雨美はブンブン首を横に振り、「あ、そうだ。私ほら、シェフのスマホに電話してみるよ。だからここは細野くんが」と逃げるようにその場を離れる。

「え？　僕？　なんて訊《き》くんですか？」

「どちらの武智さんですか？……とかでしょうか」と山田。

「それは違うでしょ。今となっては武智じゃない可能性のほうが高い」

「武智泥棒ですね」と細野が時生にうなずく。

「泥棒……あ、じゃあここは山田さんが」

「山田さん、逮捕しちゃってください！」と細野が山田の背中をグイグイ押す。

「え？　いや、これはお店の問題であり」

「あんた、たまには働きなさい！」

時生が抵抗する山田を押し出す。

たたらを踏んでフロアのほうへと飛び出した山田は、「あ」と声を漏らした。

武智だと思っていた青年の姿はどこにもなく、入口のドアが開いている……。


葵亭から誰かが出てきた。査子は反射的に足を止めた。スマホを手にしたその人物の顔を最近どこかで見たような気がしたからだ。

すぐに検問を突破した男だと思い出す。男は査子を気にも留めず、通り過ぎていく。

「お前は記憶を失った。そして、自分が何者かわからず混乱し、仲間を殺した罪悪感にもさいなまれ、ここで自ら命を絶った」

安斎の御託《ごたく》を聞きながら、誠司は後ろ手でイスの背板のネジを外している。

「それがお前の最期だ」

「……」

「じゃ、かけるよ」

梅雨美は厨房の皆にスマホをかかげてから、発信ボタンをタップした。

「これで終わりだな。お前も……ミズキも」

安斎が引き金にかけた指に力を込めたとき、イスのネジが外れた。ネジが床に落ちる音を隠すように誠司の手の中でスマホが鳴った。

「!?」

画面には『竹本梅雨美』と表示されている。

手の中でスマホが鳴り、ミズキは足を止めた。表示されているのは登録のない番号だ。

「……」

「スピーカーにして出ろ。余計なことしゃべんな」

誠司は受信ボタンを押し、スピーカーボタンに触れた。

「……はい？」

「あ、もしもし」

「？」


ミズキは受信ボタンをタップした。

「……はい？」

桔梗はスピーカーにしたスマホから聞えてきた声に向かって、言った。

「天樹くん？　今どこにいるの？　約束の時間が過ぎてる」

「？」

「天樹くん、聞いてる？」

「……アマギって、誰だ？」

予想もしていなかった返しに桔梗は驚く。

「……あなた……誰？」

いきなり桔梗の手からスマホを奪い、蜜谷が通話を切った。

「！」


「すみません。私の同僚があなたのスマホと取り違えちゃったみたいで」

聞えてきたのはどこか懐かしい感じがする女性の声だった。

「そちらの携帯が今こっちにあるんですけども……えっと、今からちょっと取りにうかがいたくて。今ってどちらにいらっしゃいますか」

「誰だ、この女？」

安斎がスマホを取り上げた瞬間、誠司は動いた。背板を外して右手を抜き、目の前の部下にイスをぶつける。同時に安斎にタックルをかまし、その手の拳銃を弾き飛ばす。床に落ちたところをすかさず左隅へと蹴り、襲ってくる手下どもをカウンターで殴り倒す。テーブルの上の手錠の鍵をつかみ、出口のドアへと走る。あっという間の出来事に安斎はぼう然となるも、すぐに部下たちに叫んだ。

「追え！」

「アマギ……？」

スマホをしまい、ふたたび歩き出したミズキの後ろを査子がそっとついていく。

「ダメだ。切れちゃった」

厨房に戻ってきた梅雨美に細野がつぶやく。

「一体何者だったんですかね……」

何げなく時生はボウルのふちをぬぐい、指についたドレッシングを口に入れた。

「！」

「もしかして……これって神のお告げなのかも」

突拍子もないことを言い出した梅雨美に一同が怪訝な視線を向ける。

「誰かの手を借りるなっていう」

「神のお告げ……」

つぶやき、時生が天井を見上げる。

「いやいやいや、それはないですよ～」

細野が笑い、「強引すぎます」と山田も取り合わない。

梅雨美が唇をとがらせたとき、ドアが開いた。菊蔵が戻ってきたのだ。

「シェフ、すいません！」

憤然《ふんぜん》とした顔でみんなのほうへと歩み寄る。

「武智くんは来ませんでした。ホントひどいな。時間泥棒ですよ」

菊蔵を無視し、時生は言った。

「いや。神かどうかはわからんが、たしかに一つ教えられたことがある」

監禁場所を飛び出した誠司は物陰に隠れ、手錠を外した。追ってきた安斎たちをやり過ごすと、反対方向へと走り出す。

「俺たちは時間に急《せ》かされるあまり大切なことを忘れていた」

「……」

「仕事を楽しむってことだ。その味がお客さまにも伝わる」

そう言って、時生はみんなの前にドレッシングが入ったボウルを差し出した。

蜜谷になぜ電話を切ったのかを問いただす間もなく、ふたたびスマホが鳴った。かけてきたのは査子だった。

「もしもし……えっ、検問を突破した男が？」

「はい！　うちの店から出てきたんです」

「！」


ドレッシングを味見した梅雨美たちスタッフ一同はその美味しさに目を丸くする。

「美味しい！」

「うまっ」

自分の言わんとすることが伝わったとみるや、時生は高らかに宣言した。

「ディナーまであと五時間。時間はないが料理を楽しもうじゃないか。そう、お客さまのために」

7

検問を突破した男がなぜか葵亭を訪れていた。電話で査子から告げられた情報に桔梗は困惑する。

「どうしてあなたの店に？」

「わかりません。今あとを追っています」

「ダメよ！」

「また状況を連絡します！」

いきなり切れたスマホを桔梗は心配そうに見つめる。すぐにかけ直したが、つながらなかった。

「あいつが!?」

店の電話に出ると査子だった。携帯がつながらないと文句を言ったあと、とんでもないことを話しはじめた。さっきまで店にいた武智泥棒が検問を突破した犯人だというのだ。

「そう。検問を突破した犯人だったの。逃亡中の犯人ともつながってるかもしれない」

「え……」と時生は絶句する。

「なんでうちの店に来たの？」

「いや、それはこっちが……なんでうちの店に!?」

誰かと携帯で話し終えたと思ったら急にそわそわしはじめた桔梗を見て、「どうした？」と蜜谷が訊ねる。

「私の部下が検問を突破した男を見つけて、そのあとを追ってるって」

「気をつけろ。そいつは勝呂寺誠司と同じ組織の人間だ」

「！」

そのとき、手の中でスマホが鳴った。査子かと思いきや、画面には『非通知』と表示されている。

「……はい？」

公衆電話の受話器を耳に当てた誠司は、聞こえてきた桔梗の声に安堵《あんど》する。

「俺だ」

「何してるの？　連絡来ないから心配したのよ」

「組織の連中に捕まってた」

「！……ねぇ、いま私の部下が検問を突破した男のあとを追っているの。あなた、その男のこと知って――」

いきなり蜜谷が桔梗からスマホを奪い、誠司に訊ねる。「おい、今どこにいる？」

「今すぐ教えろ。俺は一体誰なんだ？」

横目でチラッと桔梗を見て、蜜谷は言った。

「話は会ってからだ」

周囲を見回すと道の向こうに巡回中の警官たちの姿が見える。誠司は言った。

「簡単に言うな。俺は警察からもアネモネからも追われてるんだ。追われてるのはそっちも一緒だろ」

「こっちはなんとかする。お前もなんとかしろ」

警官たちは徐々にこちらへと近づいてくる。

「なんとかしろって……」

時生とスマホで話しながら査子はミズキの尾行を続けている。道の向こうにコスモワールドの大観覧車が見えてきた。

「わかった。あとでお店に話聞きにいくから。じゃまた」

「あ、おい？　査子！」


話を終え、蜜谷は桔梗にスマホを返す。

「勝呂寺から連絡があったらすぐに俺に知らせろ」

そう言って、この場を立ち去ろうとする。

「どこに行くんですか？」

「ここにいてもヤツは来ねえんだろ。俺はあいつらをなんとかする」と蜜谷は周囲を囲むカレンら警察に視線を走らせる。

「お前も早いとこ無茶してる部下を止めたほうがいいぞ」

「……」


蜜谷が桔梗から離れたのを見て、杉山がカレンに言った。

「動き出しました」

うなずき、カレンが蜜谷のあとを追う。

少し離れた場所から様子をうかがっていた牧瀬も、部下を引き連れ動き出す。

墓地の出口で国枝と合流した桔梗は、すぐに査子が検問を突破した男を尾行していることを報告する。

「査子が？」

「電話かけてもつながらなくて……」

「あいつ、何やってんだよ」

「申し訳ないんですけど、局に戻って折口さんに報告をお願いします。それと携帯から居場所の追跡も」

「わかった。お前は？」

「私は……」

自分はどう動くべきなのだろう。

思案する桔梗の脳裏にある人物の顔が浮かんだ。


「犬を捜しています。フランって言います。どなたか見かけなかったでしょうか？」

コスモワールドでビラを配っていた真礼は、何かを探し求めるような真剣な顔つきでクリスマスツリーを見上げている男性に目を留めた。

歩み寄り、声をかける。

「クリスマスですね」

誠司が振り向くと赤い服の上に白いコートを着た白髪の男が微笑んでいる。警察署で見かけた男だ。

「私はね、ここ何年かクリスマスになるとここで過ごしているんです。でも、今年はうちの犬がいなくなっちゃってね……。この犬見ませんでした？」

「すみません」と真礼の話をさえぎり、誠司は何かを見つけたかのように駆け出していく。

「あっ……」

真礼はため息をつき、ふたたびビラを配りはじめた。


査子との電話を終えると、時生はすぐに皆に事の次第を伝えた。

「あの武智泥棒が!?」

驚く細野に時生は「ああ」と強くうなずく。「泥棒どころの騒ぎじゃなかった。ものすごい悪い奴だったんだ」

ひとり蚊帳《かや》の外の菊蔵が、「武智泥棒って？」と首をかしげる。

「どうして誰も気づかなかったんだ!?」

責任を押しつけられ、細野はムッとなる。

「一番接していたのはシェフじゃないですか。シェフが気づいてくださいよ！」

「俺はものすごく仕事に集中してるんだ。ひとの顔なんてまじまじ見てら――」

「うわっ!!」

いきなり梅雨美が悲鳴のような声をあげ、皆の視線が集まる。

「あ、あたし……すっごい馴れ馴れしかったよね？」

梅雨美の態度を思い出し、皆はそっと目を伏せる。

「肩とかさ、この辺とかさ、ペチペチ叩いたり……突いたりしてさ。あれ、絶対怒るやつだよね？」

「僕の口からはなんとも……」と細野は言葉をにごす。

「あの……武智泥棒って……？」

話題についていけない菊蔵がふたたび訊ねるも、誰も聞いちゃいない。

「シェフぅ」と梅雨美が時生にすがる。

「悪い……俺に聞かないでくれ」

皆に無視され、菊蔵は山田へと目を向ける。

「泥棒ってことは山田さんは？」

山田は口を固く結んだまま、存在を消そうとするがごとくじっとしている。

「そうだ。犯罪者がいたってのに山田さんは何やってたんだ？」

時生の言葉に山田はビクッとなる。

「そうですよ！　なんのための山田さんなんですか？」

身を縮める山田に梅雨美の怒号が飛ぶ。

「山田！」


横浜スタジアムの前に差しかかるとミズキはふいに足を速める。いきなり角を曲がり、その姿が消えた。

査子も慌てて駆け出し、角を曲がる。しかし、すぐ手前にミズキが立ち止まっていた。

査子は素知らぬ顔でその横を通り過ぎようとしたが、ミズキが発した冷たく鋭い声がそれを制止した。

「誰だ？」

「！」

ビクッと足を止めた査子の手からスマホを取り上げ、ミズキはデータを確認する。葵亭からここに至るまでの自分の映像が録画されている。

「あの店の前からずっと俺を？」

端正な顔から発せられる怒りを含んだ冷たい声に、査子の背筋に怖気《おぞけ》が走る。

「来い」

ミズキは査子の腕をとり、球場のほうへと引っ張っていく。

距離を取ってふたりを見張っていた誠司も慌ててあとを追う。


不機嫌そうな表情を浮かべてミズキの事務所前のベンチに座っている安斎のもとに、部下たちがやってきた。

「事務所にも戻ってませんでした」

「いま誠司が頼れるのはミズキぐらいだ。絶対に会わせんな。そうなりゃ俺たちも終わりだ」

そう言うと安斎は一息ついて部下に命じた。

「捜せ」

「気づかずにすみませんでした」

山田は皆に頭を下げると、「至急本部に連絡を」とスマホを取りだす。

しかし、時生がその手を止めた。

「山田さん、連絡はしないでいい」

「え？」

「そうね。黙っちゃってればいいんじゃない」

「責任問題になったら大変ですしね」

梅雨美と細野が賛成し、「よくわかっておりませんが、私もそれでいいかと……」と菊蔵も同意する。

「しかし……」

「いや、俺は山田さんのために言ってるんじゃない」

「!?」と一同は時生を振り返る。

「また警察がうちに来てあれこれやられたんじゃ、それこそ今夜ディナーを開くことができなくなる」

「！」

「それにだ。よくよく考えてみたら、俺たちはあの武智泥棒に直接被害を受けたわけじゃない」

「たしかに」と細野がうなずき、梅雨美が言った。

「いや、むしろ手伝ってもらっちゃったよね？」

「そうなんですか？」と菊蔵は驚く。

「料理は下手だったがいないよりはマシだった」

それもそうかな……と山田の罪悪感が薄れていく。

「そうですよ！　結果的に美味しいドレッシングだってできたわけだし」

「あれね、あれ」と梅雨美が細野にうなずく。「美味しかった」

「悪くなかったな」と同意し、時生が語りはじめる。「そもそもドレッシングというのはパーティーなどで着る洋服のドレスにその語源があるんだ」

「あー、始まったよ」と梅雨美。

「野菜たちがドレッシングを着飾り、その魅力を最大限に引き立たせているんだ」

「これは長くなりそうですね」と菊蔵。

「それは味わいだけでなく、見た目も美しくしてくれる」

「準備しましょうか」と細野。

「そもそも、ドレッシングに限界はない」

ドアが開き、時生以外の皆の目が入口へと向けられる。

「イタリアでは――」

少し遅れて入口を見た時生は、ポカンと口を開けたまま固まった。

「あ、止まった」と梅雨美が時生を見て、つぶやく。

ドアの向こうから現れたのは、桔梗だった。

ぼう然とする時生に向かって、桔梗は小さく頭を下げた。

「……」

皆の視線が時生と桔梗の間を行き来する。

どういうこと……!?

※

野毛山墓地の階段を並んで歩きながら、カレンは蜜谷に問いかけた。

「……ここに何しに来たんですか?」

「聞かなくてもわかってんだろ。俺は勝呂寺誠司と会うためにここに来た」

「……本当に今夜の取引が終わったら真犯人を教えてくれるんですか?」

「ああ。だからお前は俺をつけ狙ってる奴を追っ払え」

蜜谷は視線を背後へと動かす。墓地に似つかわしくないいかつい男たちが墓と墓の間をゆっくりと移動している。

「アネモネの人間だ」

「杉山、いま後ろをついてきている三人組任意同行して」

唐突な命令に杉山は、「え……」と戸惑う。「なんの罪で？」

「適当に考えて！」


警視庁の監察官室。柚杏が昨日から今日にかけての調査の結果を上司の里崎清十郎《さとざきせいじゅうろう》に報告している。

「アネモネとつながっているのは蜜谷ではないと？」

「はい」と柚杏は里崎にうなずく。「別の人間ではないのかと」

これはずっと蜜谷を追ってきた自分の、監察官としての肌感覚だった。

「蜜谷でなければ誰だというんだ？」

「わかりません。ただ、昨夜起きた発砲事件と記憶喪失となった勝呂寺誠司によって、今アネモネの内部が混乱に陥っているのは間違いありません」

「……」

「笛花ミズキは必ず警察内部の人間とコンタクトを取るはずです。笛花ミズキをマークします」

「離してください！」

査子は懸命に抵抗するもまるで意に介さず、ミズキは球場の階段を上っていく。

少し遅れて誠司が続く。その姿を、安斎の部下の神林《かんばやし》純《じゅん》らが見つけ出した。

「誠司だ……！」

スマホを取り出し、安斎に報告する神林たちの姿に気がついた誠司は、階段を上がる足を早めた。

フロアのテーブルに桔梗が座っている。それをカウンターの向こうから梅雨美たちが覗き見ている。

「地元の有名キャスターがなんでうちのシェフと……？」

「しかもなんかあれ、ワケありな感じしませんか？」

時生が自ら淹れたコーヒーを桔梗に出す。

「あ、すみません」

テーブル近くに立つ山田を追い払おうと時生が何度か咳払いするも、鈍感な山田は気づかない。カウンターの向こうから梅雨美たちが手招きし、やっと自分が邪魔者だと気づいた。慌ててカウンターのほうへと離れていく。

ようやく時生が桔梗の前に座る。緊張のあまり足をぶつけ、テーブルが揺れる。

「ひ……久しぶり……ですね」

桔梗の声も心なしか震えている。

「ええ、久しぶり……です」

居心地の悪い間のあと、「もう何年になりますかね」と時生が指折りはじめる。

「五年です」

「ああ、そうですよね。もう五年になりますか」

わかってはいたが、時生はそんな言葉を口にした。

「驚きました。娘さんがうちで働いていたなんて」

ふたりの会話に耳をそばだてながら菊蔵がつぶやく。

「私にはなんだかカッコつけているように見えます……」

「そうなんですよ。私もね、杏子が横浜テレビで働くことになったと聞いたときは、それはもう驚きましたよ」

「たしかにカッコつけてますね」

細野が言い、「確実にね」と梅雨美もうなずく。

菊蔵がカウンターの前から離れ、皆に言った。

「気になりますが、仕込みが大幅に遅れています。やりましょう」

「そうね……やらないとね」

そう言いつつ、梅雨美はうしろ髪を引かれまくりだ。

「……かなり気になるけど」

「やりますか。気になりますけど……」と細野が先に厨房へと戻っていく。

「山田。何か動きがあったらすぐ報告して」

フロアの隅に立つ山田が梅雨美に敬礼してみせる。

店内を見回し、桔梗が言った。

「素敵なお店ですね」

「ありがとうございます」

「ここが以前話していた……?」

「ええ。先代から引き継いだ店です」

そう言って、時生は本題に入った。

「どうしてここに？」

「検問を突破した男の話を聞くためです。このお店に来ましたよね？」

「え？　あ、武智泥棒……」

「？」

「あ、いや」

「実はいま娘さんが、その男のあとを追っていて……」

「さ、査子が？　あの、さっき電話が。あとでここに話を聞きにくるって」

ミズキは査子を球場のロッカールームに連れ込み、椅子に座らせる。自分も正面に座り、査子のカバンを漁《あさ》る。すぐに社員証を見つけ、訊ねた。

「なんでテレビ局の人間が俺のあとをつけてる？」

「……いえ、べつにつけていたわけじゃ」

ミズキはおもむろに拳銃を取り出し、それを目の前のテーブルに置いた。査子の目が大きく見開かれる。

これって本物……だよね？

「もう一度聞く。なぜ俺のあとをつけてた？」

殺傷能力のある凶器の禍々《まがまが》しさは圧倒的だった。査子は唇を震わせながら、どうにか答える。

「……SNSに上がっていた動画に……検問を突破したあなたが映っていて、興味本位でつい……」

査子は、怯えながらもさらに言葉を続けた。

「……あなたが検問を突破して逃亡犯を逃がしたんですか？」

「だったらなんだ？」

まさか査子が武智泥棒を追いかけていたとは……。思わず時生は前のめりになる。

「査子は？　大丈夫なんでしょうか？」

「それが……何度電話してもつながらないんです」

時生はすぐに立ち上がり、店の電話から査子の携帯にかける。桔梗の言うとおり、つながらなかった。

「いま、同僚たちに居場所を捜してもらっています」

話しているうちに査子は落ち着きを取り戻してきた。銃を見せつけられているとはいえ、それを突きつけることもない。反社会的組織の人間特有の粗暴さがなく、スマートな雰囲気があるからだろうか。そうなるとつい報道マンとしての職業意識が頭をもたげてくる。

「逃亡犯の名前は……天樹勇太さんですよね？」

「!?」

誠司さんの携帯に電話をかけてきた女もその名を呼んだ……。

「アマギユウタ……誰だそいつは？」

ミズキの表情が変わった。

「言え！」

豹変したミズキに、査子の身体が強張る。

「私は知りません」

ミズキは銃を手に取り、テーブルを蹴飛ばした。

「嘘をつくな」と銃を査子に突きつける。「知っていること全部言え！　何者なんだ？

アマギユウタって奴は」

「彼を知っているのは……私の上司です」

「!?」

「電話、かけさせてもらってもいいですか？　私が聞きますから」

「……」

球場の前に安斎がやって来た。手下たちに合流し、訊ねる。

「誠司は？」

「スタジアムの中へ」と神林が答える。

安斎は目の前にそびえる横浜スタジアムを見上げる。


アネモネのビルの前に停まった車の助手席に蜜谷がいる。蜜谷はまっすぐに車の前方を見つめながら、外に出ていたカレンに言った。

「今夜二十時。メキシコのロス・クエルボという犯罪組織とアネモネとの間ででかい取引が行われる。そいつを許せば、大量の麻薬がここ横浜を拠点に出回ることになる」

「それを阻止しようと……？」

「だが簡単な話じゃねえ。警察内部にアネモネとつながってる奴がいる。そいつが警察の捜査情報をアネモネに流している。おそらく勝呂寺誠司が捕まらないようにうまく立ち回っていられるのもそいつのおかげだろう」

「……私に何をしろと？」

「時間がない。俺は取引現場を押さえる。お前にはアネモネとつながってる警察内部の人間が誰なのか探ってほしい。一度足を突っ込めば二度と戻れない危険な仕事だ。やると言うなら、お前にすべてを教えてやる」

「……」


パソコンモニターに点滅するＧＰＳ情報を見て、「あ！」と前島が声をあげた。沓子のスマホがようやく反応したのだ。

「電源がつきました！」

折口と黒種がモニターを囲む。

「どこだ、ここは？」

「どれどれ」と国枝も寄ってきた。

点滅するマップ上に記された建物の特徴的な形状を見て、すぐに沓子がどこにいるのかわかった。

どうして横浜スタジアムに……!?

※

「すみません。娘が心配をおかけして……」

頭を下げる時生に、「いえ、こちらこそご心配をおかけして」と桔梗が謝る。

「何やってんだ……危ない真似して……」

料理人から父親の顔へと戻っている。

「あいつ、昔からそういうとこあって……やんちゃで自由奔放で……私の話なんて聞きやしない……」

「……」

ふたりの様子を見て、山田が厨房に報告する。

「何やら深刻な話をしているようです」

梅雨美たちは作業の手を止め、ふたりのほうへと視線を向ける。

桔梗は時生の心中を慮《おもんぱか》り、明るく言った。

「娘さんは、いい歳して毎日お父さんからお弁当持たされて恥ずかしいって」

「……あんまりだな。せっかく作ってやってるのに」

「違いますよ」

「え？」

「そう言いながらもいつも美味しそうに食べてるんです。きっと素敵なお父さんのこと大好きなんだろうなって……そう思っていました」

照れたように目を伏せる時生に桔梗は言った。

「本当にいい父親なんですね」

「いやあ、どうでしょう」

ほのぼのとしたふたりの雰囲気を見て、山田が報告する。

「何やら、いい話をしているようです」

刑事のような目つきになった梅雨美が言う。

「間違いない。あれは絶対ワケありよ」

「ワケありって？」

「男女の仲だった……ということでしょうか？」

細野と菊蔵に訊かれ、梅雨美は匂いを嗅ぐ素振りをする。

「そこまでの匂いはしない」

「てことは？」

「ピュアラブ」

「ピュアラブ!?」

菊蔵がうらやましそうにふたりを見つめる。

「そういえば」と時生は話を変えた。「すごいですね。夢を叶えられて自分の番組を」

「……その番組今日で終わっちゃいましたけどね」

桔梗が切なげな笑みを浮かべたとき、スマホが鳴った。画面に表示された名前を見て、「あ!」と桔梗の表情が明るくなる。

「娘さんからです」

「!」

「もしもし？　今あなたどこに――」

「今お前のとこの記者といる」

男の声が聞こえてきたと思ったら画面が動画に変わった。手足を拘束された查子が画面に映し出される。

ミズキはスマホを查子に向け、「話せ」とうながす。

「ごめんなさい、桔梗さん」

「!?」

「査子！」

時生の声が聞こえ、査子は驚く。

「お父さん……？」

「お前、何やってんだ！　査子に手を出すな！」

動揺する時生の声を皮切りに、カウンターの中にいたメンツもホールに飛び出てきた。

「黙ってろ。俺の質問にだけ答えろ」

「わかった」と桔梗が返す。「だからその子に絶対手を出さないで」

「アマギユウタって誰だ？」

「……私の大学のゼミの後輩だった」

「後輩？」

「横濱義塾《よこはまぎじゅく》大学法律学部刑法学科にいた」

「そのアマギユウタって男が、本当にあの逃亡犯なのか？」

「そうよ。いま逃げている逃亡犯は天樹勇太で間違いない」

何度も聞こえてくる名前に、梅雨美が反応する。

「天樹勇太……!?」

わずかな沈黙のあと、ミズキは言った。

「もうこの事件は追うな」

「……わかった。この事件からは手を引く。だから今すぐ解放して」

「解放するのは明日の朝だ。それまでに妙な動きを見せれば、命の保証はない」

「待って！　何もしない。約束するから――」

しかし、電話は一方的に切られた。

「！……」

時生の口から苦渋の声が漏れる。

「杳子……」


桔梗は顔を歪め、時生に謝る。目には涙がにじんでいる。

「ごめんなさい。娘さんを危険な目に……」

「……」

「本当にごめんなさい……」

「……私はただ、杳子が無事に帰ってきてくれるならそれで……」

「シェフ！」と菊蔵が歩み寄る。「ここは山田さんに」

「そうですよ！」と細野もうなずく。「山田さんに動いてもらいましょう！」

「すぐに本部に通報します！」

動きだそうとする山田を時生が制する。

「待ってくれ」

皆の視線が時生に集まる。

「本当に大丈夫なのか……？　警察に通報しても。犯人を怒らせるようなことをして、万が一査子の身に何かあったら……俺は……」

山田の両肩に手を置き、時生が問う。

そう言われてしまったら、山田はもう動けない。

時生の不安は痛いほどよくわかる。

桔梗は何も言えず、ギュッと唇を結んだ。


想定外のことが次から次へと起こり、ミズキの苛立ちは収まらない。落ち着かずロッカールームをうろうろするミズキの脳裏に父親の声がよみがえる。

『裏切り者はひとりじゃない可能性だってある。取引を成立させたいなら、疑わしい奴は殺せ』

ミズキが足を止めたとき、スマホが鳴った。非通知の表示に顔をしかめ、出る。

「誰だ？」

「俺だ」

聞こえてきたのは誠司の声だった。

「誠司さん!?」


球場に設置された公衆電話から誠司は電話をかけている。スマホに登録された電話番号はすべて頭に入っていた。無論、ミズキの番号も。

誠司はミズキに言った。

「裏切り者に関してお前と話がしたい」

「……俺も一つ聞きたいことが。アマギユウタって男、知っていますか？」

「……いや、聞いたことない」

「そうですか……」

「そいつがどうした？」

「……」

「お前も俺のことが信用できないか？」

「いえ……」

「いまどこにいる？　そっちに向かう」

「横浜スタジアムです」

「わかった。そこの屋上で待っている」

通路から複数の足音が聞こえてきて、誠司は電話を切った。安斎たちだ。誠司は階段を駆け上がり、バックネット裏の屋上へと向かう。

※

査子の居場所が判明し、折口はすぐに桔梗の携帯にかけた。回線がつながるや、「倉内！」と叫ぶ。「査子の居場所がわかったぞ！」

「え」

桔梗はスマホを耳に当てたまま時生を振り向く。

「査子ちゃんの居場所がわかったって」

「どこにいるんですか!?」

「横浜スタジアム！」

すかさず山田は本部に連絡する。

「店内配置中の山田です。人質監禁事件が発生。詳細は調査中、至急応援願います」

「……行ってくる」

「シェフ？」と菊蔵が驚きの表情で時生をうかがう。

「娘が怖い思いをしているのに黙って待っているわけにはいかない」

「私も行きます」

電話を切った桔梗が言った。

「仲間が監禁されているのに見過ごすわけにはいきません」

「俺が行ってくるわ」と国枝が言うと、黒種が口をはさんだ。

「いえ僕が」

「いや僕が」と前島まで名乗り出る。

と、折口がボソッとつぶやいた。

「俺は自分が情けない……」

一同が折口を見つめる。

「部下が危険をかえりみずに取材を続けていたというのに、俺はただやめろとしか言えなかった……」

「……」

「俺は最低な上司だ……」

顔を上げ、折口は言った。

「横浜スタジアムには俺が行く」

険しい表情で運転席に乗り込んできたカレンに「どうした？」と蜜谷が訊ねる。

「横浜スタジアムで記者が監禁されているとの通報が」

またしても思いもよらぬ展開に、勘弁してくれよと蜜谷はため息をついた。


屋上はスタジアム全体を一望できる観覧デッキになっている。しかし、屋上に達する前に、誠司は上がってきた階段とは反対側に回り、物陰に身を潜めた。

安斎たちは気が付かずに屋上に駆け上がっていく。

安斎たちの靴音が消えると、誠司はロッカールームを目指して階段を降りていった。

屋上に足を踏み入れたミズキは目を見張った。いたのは誠司ではなく安斎だったのだ。

「なんでお前がここに……？」

ふたりの視線が鋭く交錯する。

安斎が舌打ちし、つぶやく。

「……誠司か」

「？」


横浜スタジアムに到着し、桔梗は時生に言った。

「手分けして捜しましょう！」

「私は向こうを！」

二手に分かれ、ふたりは駆け出していく。

少し遅れて、息を切らせた折口がスタジアムに駆け込んできた。


「警察とつながっているのは……」

安斎はねめつけるようにミズキを見据え、続けた。

「ミズキさん、あなただと誠司が」

「……ああ」とミズキはうなずいた。「その通りだ」

「どういうことだ？　裏切り者はあんたか!?」

「その逆だ」

「？」

「俺は警察内部から捜査情報を得ている。アネモネを守るために」

「！」

「警察からの情報でアネモネに犬が潜んでいることを知った。それが――」

「榊原か……？」

「……だと思っていた」

ミズキは苦々しく顔をゆがめると踵《きびす》を返して歩き出す。

「おい？」


内野席へと続く通路で桔梗を見つけた折口が「倉内！」と叫んだ。

「局長」

「査子は!?」

急ぎロッカールームに戻ったが、やはり女の姿はなかった。解かれたビニールテープだけが床にのたくっている。

誠司さん……。

ミズキは苛立ち、テープをにらみつける。

査子と一緒にバックヤードを出て、スタンドに続く通路へとたどり着くと、誠司はふと公衆電話の前で足を止めた。

「どうして私を助けてくれたんですか？」

査子は誠司に問いかけた。

「どうして？」

「記憶がないんですよね……？」

「……」

「本当のあなたはそういう人だからじゃないんですか？」

「……」

「桔梗さんも言っていたんです。あなたは無実だと思うって」

「俺もそう信じてるよ。ただ、あんたを助けるためだけにやったわけじゃない」

そう言って誠司が歩き出したとき、通路の奥から誰かがやってきた。

「杳子……！」

時生の声に杳子が振り向く。

「お父さん……!?」

時生は杳子の隣にいる誠司に気づき、「お前……」と拳を握りしめる。

「こっちはなんとかしたって上司に伝えてくれ」

杳子に告げると、誠司は身を翻し、走り去っていく。

「おい、待て！」


手下を引き連れた安斎がロッカールームに入ると、ミズキが放心したように佇《たたず》んでいる。ゆっくりと振り向き、ミズキは言った。

「誠司さんは蜜谷と会うつもりだ」

「!?」

「蜜谷と会うには自分を狙っているお前が邪魔だった。だから俺を呼び出し、お前と会わせた。足止めをするために」

「！……」

飼い主に見捨てられた犬のようなミズキを一瞥《いちべつ》もせずに安斎は言った。

「ミズキさん、誠司のことより自分のことを考えたほうがいいんじゃないですか」

「……」


「査子！」

時生は誠司を追うことはせず、査子に駆け寄った。肩を抱き、その顔を覗き込む。

「大丈夫か!?　大丈夫だったか!?」

査子は弱々しくうなずいた。

「……ごめん……」

「ああ」と時生は査子を抱きしめる。「もう大丈夫だ。大丈夫だ……」

「ごめんね……」


時生から連絡を受けた桔梗が、折口と一緒にふたりのもとへと向かう。入口付近に立つ査子の姿を見て、「査子！」と折口が駆け寄る。

「大丈夫か？　怪我してないか？」

査子はうなずき、「すみませんでした」と謝る。

「とりあえずここを離れよう」

折口がそう言い、四人は球場から出ていった。

※

横浜スタジアムに駆けつけたカレンが、覆面パトカーの中で査子に事情を聞いている。

「天樹勇太が？」

「はい。助けてくれたんです」

奴を屋上におびき出したから今のうちに逃げるぞと縛っていたビニールテープを切り、一緒に逃げてくれたのだ。

査子は正直な印象をカレンに告げた。

「彼は悪い人に見えなかったです」

カレンの脳裏にも自分を助けてくれた誠司の姿がよみがえる。

聴取を終えた査子が時生に連れられ、桔梗と折口の元へ戻ってきた。

「お父さん、どうもすみませんでした」と折口が時生に頭を下げる。

「いえ……」

査子へと顔を向け、折口は言った。

「今日はもう仕事いいから家でゆっくり休め」

「……はい」

「じゃあ、失礼します」

そう言って折口がその場を去ろうとしたとき、桔梗が厳しい口調で査子に言った。

「あなた、やりすぎよ」

「倉内……」と折口は足を止める。

「あなたの身勝手な行動で、どれだけの人が心配したと思う？」

「……」

「あなたにもしものことがあったら、どれだけの人が悲しむか」

「……すみませんでした……」

桔梗の言葉は心に刺さった。拳銃を向けられたときの恐怖があざやかによみがえる。

私は一歩間違えたら死ぬところだったのだ……。

「二度と同じような真似はしないで」

「はい」

「彼が危険な男だとは思わなかったの？」

「……それより、彼を見失いたくなくて……」

「体が勝手に動いた」

「……はい」

うなずく査子に歩み寄り、桔梗はその身体を強く抱きしめた。

「本当に厄介よね。報道マンって」

耳元で聞こえたその声は涙で濡れている。

「！」

桔梗の温もりを感じながら、査子の目にも涙がにじんでいく。


聴取を終えて、蜜谷のところに戻ったカレンはこう切り出した。

「蜜谷管理官。私、あなたに協力します」

蜜谷は探るようにカレンに目をやる。

「でも勘違いしないでください。私はあなたを信用したわけじゃありません。この事件の真相を知りたい」

「……」

「私にはどうしても彼が、天樹勇太が犯人だとは思えない」

「……俺はこれからヤツと会う。お前は内部の人間を探れ。状況は追って話す」

カレンにそう告げ、蜜谷はその場を去っていく。


査子は時生とともに葵亭に戻った。みんなが安堵の表情で査子を迎えるが梅雨美だけはなぜか物憂げな表情だ。

「みなさん、心配かけて本当にごめんなさい」

頭を下げる査子に、細野は感極まる。

「ホントよかった……無事で……」と涙ぐみ、泣き顔は見せられないと背を向ける。

「俺からも謝る」と時生も皆に頭を下げた。「店が大変なときにすまなかった」

「とんでもない。とにかく無事に戻られたことが一番です」

菊蔵の言葉にみんなが大きくうなずく。

「準備続けましょう」

あらためて細野が言い、「そうですね」と菊蔵がうなずく。

「査子、少し休みなさい」

「あ、うん」

時生と一緒にバックヤードに向かいながら査子は言った。

「お父さん、桔梗さんと知り合いだったんだね」

「なんだ、こんなときに……」

「知り合ったのって……私が高校生のときじゃない？」

「えっ！」

図星を突かれたという父の顔を見て、査子は微笑む。

「やっぱりね」

「なんだよ」

「怪しいなと思ってたんだよなぁ」

「なんだよ、それ!?」と時生が苦笑する。


「しかし、シェフとあのキャスターの方が知り合いだとは驚きました」

菊蔵が言い、「しかも、ただならぬ関係とは」と細野が続け、「ね」とホールにいる梅雨美を振り返った。しかし、梅雨美はぼんやりとしたまま反応がない。

「あれ、梅雨美さん、どうしました？」

梅雨美は慌てて表情をつくった。

「何が？」

「さっきから様子が」と菊蔵がうかがう。

「……べつに」

ホールに戻ってきた査子と時生も心配そうに梅雨美の顔を覗き込む。

「梅雨美さん？」

「どうした梅雨美」


桔梗が局に戻ると誠司から連絡が入った。コスモワールドのクリスマスツリーの前でと、あらためてインタビュー場所を指定してきたのだ。

すぐに桔梗は蜜谷に電話し、その旨を伝える。

「私もすぐに向かいます」

「わかった」


みんなの視線を浴び、梅雨美は重い口を開いた。

「……あのね、五年前、クリスマス・イブの夜に、私の彼が……大事な話があるっていうから、これ絶対プロポーズって思ったの。二年待っていてほしいって……そう言われて」

「……」

「二年後のクリスマス・イブにこの店でまた一緒にディナーをしようって……そう言われて。二年だよ！　理由聞いても何も言ってくれなくてさ……ふざけんなって。誰が待つかって」

「……」

「そう思ったんだけどさ。でも私、待つって決めたの」

「……」

「だって彼のこと……大好きだったから……すごく好きだったからさ……」

「……」

「その人の名前が……天樹勇太……」

梅雨美の口から飛び出したまさかの名前に皆はあ然とした。

「天樹勇太！」と時生が叫ぶ。

「逃亡犯、ですよね」

確認するように言う細野に、梅雨美がうなずく。

「その人だと思う」

「でも」

「私を助けてくれた」と査子が山田のあとに続ける。

「デミグラスソースを倒していなかった」

菊蔵の余計なひと言に時生は嫌な顔になる。

「もうそれいいから……」

なんなんだ、このこんがらがった運命の糸は……!?

フロアが沈黙に包まれるなか、査子が動いた。

「お父さん、自転車借りるね」

そう言って店を出ていく。

「おい、査子!」


覆面パトカーの前に立ったカレンがスマホを耳に当てる。

「報告です。これから蜜谷管理官が勝呂寺誠司と会うそうです」

「……わかった」

上司の一ノ瀬《いちのせ》猛《たけし》から特に指示はなかった。カレンはスマホをしまい、考えを巡らせる。

この複雑に絡まり合った糸の先にいるのは誰だ……?

告白を終え、やや放心状態の梅雨美を見つめ、菊蔵が言った。

「やはり、今夜ディナーを開かなければなりませんね」

「!?」と梅雨美が顔を上げる。

「そうですよね」と細野も強くうなずく。「その人、来るかもしれないじゃないですか」

「！」

「ですよね？　シェフ」

「よし、仕込みを続けよう」

「シェフ、仕込みは終わりました」

菊蔵が返し、細野が言い添える。

「残すはメインディッシュをどうするかだけです」

「……」

ハンディカメラをバッグに詰め、桔梗が出かける準備をしていると査子が報道フロアに駆け込んできた。

「桔梗さん……！」

ハァハァと息を荒げながら査子は言った。

「天樹勇太さんを知ってる人がほかにもいたんです！」

「え!?」

「葵亭の従業員に天樹さんと交際していた女性が」

「マジか……」と国枝が目を丸くする。

「査子ちゃん、その人から話聞ける？」

「はい！」と査子が桔梗にうなずく。

「局長」

折口は桔梗から顔をそむけ、ほかのスタッフたちに指示を出す。

「みんな、『クリスマスミュージックフェスティバル』の準備をするぞ」

やっぱ、日和《ひよ》るのかよ……。

皆の冷たい視線を浴びても折口は動じない。

「どうした？　報道フロアの人間が誰もいないんじゃ怪しまれるだろ？」

「？」

「だから倉内、査子。お前たちは取材を続けろ。この事件、報道するぞ」

「！」

みんなに向かって時生は言った。

「安心しろ。店は必ず開く」

「……」

「梅雨美のためだけじゃない。俺は今まで先代のために、亡き妻のために、査子のためにと、誰かのためにこの店を守り抜いてきた。けど、それじゃいけなかったんだ」

「……」

「みんな今朝がた言ったよな？　今日という日を良き日にしようって」

うなずくみんなに時生は力強く宣言する。

「この店に関わるすべての人にとって今日が良き日になるために、店を開こう」


巨大クリスマスツリーの前、人混みにまぎれるように誠司が佇んでいる。そこにゆっくりと歩いてくる男がいる。

蜜谷だ。

声が届く距離まで蜜谷が近づくと、誠司が言った。

「……やっと会えたな」

8

コスモワールドのクリスマスツリーの前に並んで立つ誠司と蜜谷の周囲は、スマホを構え、おのおののポーズで記念写真を撮る若者たちでにぎわっている。

「こんな人目につくとこに呼び出しやがって」

誠司と目線を合わせず、通りのほうを見ながら蜜谷が文句を言う。

「人混みにまぎれたほうが奴らも手を出しづらいだろ」

「俺が言いてえのはそういうことじゃねえ」

誠司が蜜谷の視線を追うと、雑踏を縫うように神林たちがやって来るのが見える。

「あっちからもだ」と蜜谷がくいと首を曲げる。逆方向からも安斎の他の手下たちが誠司を捜している。

「本当に俺は愛されてんな」

「なに呑気なこと言ってんだ。行くぞ」

歩きだした蜜谷のあとを誠司がゆっくりとついていく。

「そんなに俺と一緒にいるとこ見られちゃ困るのか？」と蜜谷の背中に誠司が話しかけ

る。「俺が逃亡犯だからか？　それとも――」

動きかけた口を誠司は止めた。人混みのなかに警官の制服が見えたのだ。

「こっちだ」

タイミングよく停まったバスに、ふたりは乗り込んだ。

席につき、蜜谷が安堵の息を吐く。幸いなことにバスは空いていた。誠司は蜜谷のすぐ後ろの席に座る。前を見たまま、蜜谷は言った。

「ひとまず安心だ。ようやく、ゆっくり話せるな」

蜜谷の言葉が終わるやいなや、誠司は切り出した。

「その前に、天樹勇太って誰なんだ？」


遠ざかっていくバスに舌打ちし、神林はすぐにスマホを取りだす。その前を自転車に乗った桔梗が通り過ぎる。

自転車を降り、クリスマスツリーの前に立った桔梗は辺りを見回した。しかし、誠司と蜜谷の姿はない。すぐに携帯で蜜谷にかけるもつながらなかった。

「……」

テレビ局の女たちは誠司さんのことをアマギユウタだと言う。いっぽう、誠司さんはそんな名前は聞いたことがないと言う。

アマギユウタ……一体、何者だ？

混乱したままミズキがアネモネのビルまで戻ったとき、スマホを耳に当てた安斎が裏口から出てきた。

「誠司は間違いなくそのバスに乗ったんだな？」

「!?」

「そうか……蜜谷と一緒に」

ミズキに気づいた安斎は挑発するようにニヤッと笑った。

「！……」

「逃がすんじゃねえぞ」

「……」

査子がカメラのセッティングをしながら、開店準備をしている梅雨美に言った。

「すみません。お忙しいときに話を聞きたいなんて」

「ううん。べつに私はいいけどさ」

セッティングを終え、査子は厨房に目をやる。

「あれ？　お父さんは？」

「お墓参りに行ったよ」と細野が返し、「今日は亡くなられた奥様の命日ですからね」と菊蔵が付け足す。

「それはわかってるけど、何もこんな大変なときに」

「そうは言いましても、シェフは毎年命日のお墓参りは欠かしたことありませんからね」

「でもメインディッシュはまだ決まってないんですよね？　ホント今夜店開く気あるかな。あと三時間半しかないのに」

「だよね」と細野が査子にうなずいてみせる。

ふと梅雨美がつぶやいた。

「もしかして、シェフの中ではもうメインディッシュは決まってるとか？」

「え？」

「そうなんですかね？」と細野。

「じゃあ、その報告も兼ねてお母様のお墓参りに」

納得したように菊蔵がつぶやく。

事務所から取ってきた拳銃を懐にしまい、ミズキはバイクにまたがった。

とにかく、誠司さんに会うしかない。

アクセルを開き、ミズキはバイクを発進させる。


「天樹勇太は俺が殺した。今はもういない」

蜜谷が発した言葉に誠司は混乱する。

「どういうことだ？　じゃあなんで俺を天樹勇太と呼ぶ奴がいる？」

「いいか、お前は――」

言いかけた口を蜜谷は閉じる。バスが停まり、大勢の人が乗ってきたのだ。その中には時生もいたのだが、誠司は気づかなかった。そんな誠司の背後に、最後に乗り込んだ男が近付いてきた。安斎の部下の神林だった。

神林はスマホをかざし、蜜谷と誠司を同じフレームに収めるとシャッターを押す。

「これでもう言い逃れはできねえぞ」

神林がニヤッと笑うと同時にバスは走りだした。

「てめぇ、誰にもの言ってんだ」

蜜谷が凄むも、神林は「黙ってろ」と怯《ひる》まない。

「！」

神林は歩を進め、ほかの乗客に気づかれないように隠した銃を誠司に突きつけた。

「次で降りろ」とささやき、降車ボタンを押す。

対抗すべく蜜谷が懐の拳銃に手を伸ばしたとき、バスが急停車した。

「あ、すみません！」

バスの前に飛び出した真礼は、運転手に謝りつつ、そのまま道路を横断していく。フランの吠え声が聞こえたのだ。

「フラン！」

急ブレーキでバランスを崩した神林の隙をつき、誠司がその手から銃を奪おうとする。

しばらく揉み合いを続けていた誠司と神林だったが、身体能力に勝る誠司は次第に優勢に立ち、神林の背後をとると、誠司は神林の首に腕を回し、締め落としにかかった。

暴れる足が蹴った拳銃が時生のほうへと滑ってくる。

「うわっ」

ビビる時生を尻目に、神林を失神させた誠司が銃を回収する。

銃を回収しに歩み寄ってきた男の顔を見て、時生はハッとした。

あの男だ！

デミグラスソースをひっくり返し……いやそれは俺か。

そうじゃなくて、梅雨美の前から消えた男、天樹勇太だ！

いっぽう、蜜谷は運転席のほうへ向かっている。非常ボタンを押そうとする運転手に警察手帳をかざし、告げる。

「警察だ。ここで降りる。すぐ開けてくれ」

「は、はい……！」

「いや、ダメだ。走ってくれ！」

誠司の声に、蜜谷が振り返る。誠司が示す視線の先には、後方から迫ってくるミズキのバイクが見えた。

「早く出せ！」

誠司の手にある拳銃に気づいた運転手が慌ててアクセルを踏む。急発進し、ふたたびバスが大きく揺れる。

「非常ボタンを押してください」

「おい！」と蜜谷が制するも、誠司はさらに運転手を急かす。「早く！」

「あ、はい」

非常ボタンが押され、バスの行き先表示板に『緊急事態発生中。警察に通報してください』の文字が点滅する。

※

誠司と蜜谷はまだ来ない。それともすでに合流して、場所を移動してしまったのだろうか。連絡がつかないということは何か不測の事態が……。

桔梗が不安げに辺りを見回しているとスマホが鳴った。査子だ。

「そっちの状況はどうですか？」

「まだふたりの姿は見えない。この辺りを捜してみる」

「桔梗さん、これから梅雨美さんに話を聞きます」

「わかった。ねぇ、私と報道のみんなにも音声をつないで」

「わかりました」

査子から連絡を受け、折口はスタッフ一同を集めた。

「俺たちにも音声を？」

怪訝そうにイヤホンを受けとる国枝に、「ああ」と折口がうなずく。

「倉内がみんなにも聞いてほしいって」

「なんで僕たちにも？」

首をかしげる前島に黒種が言った。

「何か考えがあるんだろ。いいから早く着けよう」

皆がイヤホンを着け終わると折口が言った。

「いいか。各自、音声はつないだままミュージックフェスティバルの準備に取りかかってくれ。くれぐれも内密にな」

「はい！」


横浜スタジアムでの現場検証が行われているなか、球場前の駐車場に立つカレンのところに杉山が戻ってきた。

「まだ蜜谷管理官の消息がわかりません」

「天樹勇太の素性は？」

「県警本部のデータベースで徹底的に調べたところ、天樹悟という名前が出てきました」

「天樹悟？」

「十八年前に自殺した神奈川県警の警察官です。その息子の名前が天樹勇太」

「警察官の息子……？」

親譲りで正義感が強いのだろうか。自分の印象とも一致する。

「ただ、現在の天樹勇太に関する情報はいまだ出てきていません」

カレンが考えをめぐらせていると、「狩宮さん！」と同じ班の部下がやって来た。「桜木町付近を走るバスが非常事態中だとの通報が！」

停めていた覆面パトカーに急いで乗り込み、カレンは杉山に声をかける。

「何してるの、早く！」

「はい！」

運転席の横に立ち、誠司はサイドミラーでミズキのバイクを監視している。その距離はぐんぐんと近づき、ほとんどバスと並走状態になった。

自分の姿がミズキの視界に入っているのを確認し、誠司は拳銃を蜜谷に向けた。

「おい、何やってんだ!?」

誠司が銃を手にしているのを見た乗客が悲鳴をあげ、バスの中が騒然となる。後ろからはサイレンを鳴らしながらパトカーがやって来た。

ミズキはバイクのスピードを上げ、走り去っていく。

「何をするつもりだ？」

訊ねる蜜谷に誠司が答える。

「今は俺に従ってくれ。あんたが乗客に指示しろ」

誠司が銃を下ろし、蜜谷は乗客たちを振り返った。

「みなさん、安心してください。私は刑事だ。みなさんに危害を与えることはない。後ろに移動して一か所に固まってください」

前のほうにいた乗客たちが一斉に後ろへと移動しはじめる。そんななか、時生がおずおずと蜜谷に声をかけた。

「あ、あの……」

「あなたも早く後ろに座って！」

蜜谷に急かされ、「あ、はい……」と時生は名残惜しげに誠司を見ながら、空いている後部座席に腰を下ろした。

誠司は「この先の競技場で停まってください」と運転手に指示を出し、前方のドアを開けさせ、そこから神林を放り出す。

すぐにバスは発進するが、パトカーは神林を放っておけず急停止した。

フロアの隅にセッティングしたカメラの前に梅雨美が座っている。査子がカメラの後ろに立ち、言った。

「梅雨美さん。それじゃ取材のほう始めさせていただきます」

細野、菊蔵、山田もやって来て、査子の横に立つ。

「べつにいいけどさ。でも、なに話せばいいの？」

「天樹さんについて聞きたいんです。どんな人だったのか」

「……」

誠司は運転手に指示し、みなとみらい競技場へと続く地下道に乗り入れさせ、そこでバスを停車させた。追ってきたパトカーもその後ろに停まる。

やがて、サイレンを鳴らしながら何台もの警察車両が到着した。バスの前後をふさぐように停まり、一般車両を入れなくする。

カレンが車から降り、バスを追跡してきたパトカーの警官に訊ねる。

「中の状況は？」

「まだ、詳しくは」

カレンは杉山を振り向き、言った。

「すぐ確認して」

誠司は窓からカレンら警察たちの動きを確認し、「おい」と蜜谷に銃を向ける。すぐに蜜谷が窓を開け、叫ぶ。

「それ以上、近づくな！」

後部座席で立ち上がるタイミングをうかがっていた時生の勇気は、その声で一瞬にしてしぼんでしまう。

カレンはバスに立てこもっているのが誠司で、銃を向けられているのが蜜谷だと気づき、絶句する。

「勝呂寺誠司……」

すぐにカレンは周囲の警官たちに指示を飛ばす。

「みんな下がって！」

慌てて動きを止めた警官たちを見ながら、誠司が蜜谷に言った。

「これだけ警察に囲まれてちゃアネモネは近づけない」

「非常通報ボタンは警察を集めるためのってわけか」

「裏切り者は俺なんだろ」

「!?」

「だとしたら、俺もアネモネから、いや笛花ミズキから命を狙われることになる」

「そうか。だから俺を狙っているところをあえて奴に見せた……」

誠司の企てに、「お前が考えそうなことだ」と蜜谷がうなずく。「で、一体このあとどうするんだ？」

「……」


地下道の入口付近でミズキはバイクを停めた。すでに入口は封鎖され、大勢の制服警官がガードしている。警察車両の奥に停まっているバスが見える。

新たな覆面パトカーが到着し、ミズキは思わず顔を伏せる。車を降りてきたのは神奈川県警捜査一課長の一ノ瀬だ。

一ノ瀬はミズキに目をやることなく、その横を通り過ぎていく。

「……」

しばし思案したあと、誠司は訊ねた。

「特殊部隊が駆けつけるまで何分ある？」

「ＳＩＳの到着まで、せいぜい十分ってとこだろ。だが、すぐに突入とは限らない。現場の状況と上の判断に多少の時間がかかる」

「タイムリミットはそれまでだ」

そう告げ、誠司は蜜谷に向き直った。

「話してくれ。俺が一体何者なのか」


「話してもいいけどさ。でも、それ意味ある？」

葵亭の店内で、査子の質問に対して梅雨美はこう切り出した。

「え？」

「だって天樹くん、いま罪を犯して逃げてるんだよね。私が昔のこと話したって別に何か変わるわけでもないしさ」

そのとき、「梅雨美さん」と査子がつないでいるスマホから桔梗が声をかけてきた。

「横浜テレビの倉内です。私たちは天樹くんが犯人だとは思っていません」

「！……」

「あなたが話してくれることで彼は守られるはずです。私たちが必ず真実を突き止めますから。だから、なんでもいいんです。彼について知ってることを教えてください」

「……」

黙ってしまった梅雨美を杳子がうかがう。

「梅雨美さん？」

「わかりました。うん、いいよ。全部話すよ。私が知っていること全部」

梅雨美は顔を上げ、カメラを見据える……と思いきや、険しい顔で横を見て言った。

「てか、そこ」

梅雨美の視線の先には、興味津々の表情で、細野らが突っ立っている。

「あ、僕たちは……あっちで開店準備していましょうか？　ね」

「そうです……よね。そうしましょう」と菊蔵がうなずき、山田を連れてバーカウンターのほうへと移動する。


蜜谷が誠司に向かって語りはじめる。

「お前は今、アネモネの一員、勝呂寺誠司だ」

「……」

「五年前、アネモネの先代である笛花ミズキの父親に拾われて、組織に入った」

梅雨美がカメラに向かって語りはじめる。

「五年前のクリスマスイブの夜にね、天樹くんから突然言われたの。二年待っていてほしいって。……けどさ、その日から一切連絡が取れなくなって。携帯も解約されてて、家も引き払われてた」

バーカウンターで準備をしながら菊蔵が聞き耳を立てている。

「お気持ちは痛いほどわかります……私も現在妻と――」

「菊蔵さん！」と細野が小声で制し、人差し指を唇に当てる。

「ホントひどくない？　あれからもう五年、なんの音沙汰もなし。口約束なんて信じて、バカみたいだよね」

コスモワールドの雑踏のなか、スマホ越しに梅雨美の話を聞いている桔梗の視線の先をサイレンを鳴らしながらパトカーが走り過ぎていく。

「?」

『被害者が衰弱しています。被害者を解放してください。すでに警察が包囲しています。これ以上の抵抗はやめ、おとなしくバスから出てきてください』

拡声器を使って投降を促す刑事の声をバックに蜜谷は続ける。

「そして、二年前。先代の息子である笛花ミズキがアネモネのトップに立った。その片腕が勝呂寺誠司。お前だ」

「……」

「お前は笛花ミズキからの信頼を得て、今夜二十時からの取引の中心人物となった」

「それは全部本当だったのか……」

うなずき、蜜谷は話を続ける。

「だが——」

パトカーを気にしつつ、桔梗が梅雨美に訊ねた。

「連絡が取れなくなって、それからどうしたんですか？」

「捜しました。必死に。何かあったんじゃないかって、すごく心配で……。勤め先に連絡してみたり……」

「天樹くんはなんの仕事をしていたんですか!?」

「勝呂寺誠司。お前は——」

梅雨美は桔梗の問いに答えた。

「警察官です」

蜜谷は誠司に真実を告げた。

「警察官だ」

「!?」

「お前は、こっち側の人間だ」

「だろうな……」


「警察官!?」

驚きの声を漏らす桔梗に、梅雨美が続ける。

「東京の国分寺警察署で働いていました」


イヤホンに手をやりながら、国枝が作業をしている黒種たちのほうを見る。

「おい、どういうことだ?」

黒種が首をひねったとき、桔梗が声をかけてきた。

「黒種さん、警視庁の刑事さんに聞いて」

「はい！」

「ここは僕がやります」とすかさず前島が黒種の仕事を引き継ぐ。黒種はすぐにデスクの上のスマホを手にとった。

※

カレンの指揮のもと、警官たちがバス突入のための情報を集めている。

「人質の人定《じんてい》は？」

「まだわかっていません」

「急いで」

去っていく刑事と入れ替わるように杉山がやって来た。

「バスから放り出された男の身元がわかりました。神林淳。国際犯罪組織アネモネの一員です」

「アネモネの？」

「これから詳しい話を――」

「まて。あとで聞く」とさえぎったのは一ノ瀬だ。

「一課長」

「人質の数は？」

一ノ瀬に問われ、カレンが答える。

「目視できたのは被疑者、運転手を含めて八人。乗客が後方に集められている模様です。ただ……」

「なんだ？」

「被疑者のターゲットはひとりだと思われます」

「ひとり？」

「バスジャックを起こしているのは逃亡中の勝呂寺誠司です。拳銃を手にしていました。その前には蜜谷管理官が……」

「!?」


蜜谷の告白は続く。

「お前は六年前、警察幹部の汚職を偶然見つけたんだ。お前は目をつぶることができず、公《おおやけ》にしようと動いた」

「……」

「天樹くんね、警察官だったお父さんのことを本当に尊敬してて……。とても勇敢な人だったって」

彼のことを思い浮かべながら話す梅雨美の声が、自然とやわらかくなっていく。

「自分もお父さんのような立派な警察官になって、誰かを守りたいって」

その声を聞きながら、桔梗は天樹勇太に思いを馳せる。

「よくお墓に行っては、きれいに掃除をして、花を手向けていた」

じゃあ、あの花は……。

私たちの前に、彼がお参りをしていたんだ……。

「だが、上からの圧力でお前こそが汚職に関わった張本人だとされた。秘密裏《ひみつり》に処分される事態になった。だから俺がお前を拾ったんだ」

「!?」

「そして、お前を勝呂寺誠司としてアネモネへと送り込んだ」

「！」

「でも、なんかおかしかったんです！　警視庁に所在確認しても、そんな警察官はいないって言われて……」

梅雨美の声が切なくその色を変えていく。

「警視庁にあった天樹勇太の情報はすべて消し、俺が預かって保管している」

「どうして、そんなことを……」

ぼう然と訊ねる誠司に、蜜谷は言った。

「どこからお前の素性がバレるともかぎらない。バレたらお前は必ず殺される」

天樹勇太のＩＤと彼のすべての情報が入ったＳＤカードは貸金庫に保管している。

「アネモネを壊滅へと追いやったら、お前の任務を解き、今までどおり普通の警察官に戻す。そう約束していた」

「……」

「最初は一、二年のつもりだった。だが、そう簡単じゃなかった。こっちの情報が組織に漏れていた」

「警察側にも裏切り者か……」

蜜谷はうなずき、続ける。「今夜の取引は捜査を始めてから最大のチャンスだった。その矢先に昨夜のあの事件が起き、お前は――」

「記憶喪失になった」と誠司があとを引き取る。

「お前の前には榊原が倒れていた」

「殺ったのは誰だ？」

「そいつはわからない。俺が銃声を聞き、駆けつけたときにはすでに死んでいた」

「殺ったのはお前じゃないのか!?」

話が佳境に入ったとき、ふいに背後から声がした。

「あの……！　すみません……！」

ふたりが振り返ると、時生が座席から立ち上がっている。

「！……」

「間もなくＳＩＳが到着するそうです！」

杉山の報告を受け、カレンが一ノ瀬をうかがう。

「一課長、怪我人が出る前に突入したほうがいいのでは？」

「待て。俺の判断だけでは決められない。上と掛け合ってくる」

警官たちの輪から離れていく一ノ瀬の背中を、カレンが探るように見つめている。

生本番が近づき、隣のフロアを社員たちが忙しなく行き交っている。そんななか黒種がこっそりスマホで話している。

「はい、そうです。天樹勇太って警察官の所在確認を……」

そのとき、ファストアラートが新たな事件を伝えてきた。黒種は旧知の刑事の応答を待ちながら、パソコンの画面に視線を移す。『バスジャック』の文字に目を見開いた。

「!?」

「バスジャック!?」

「どこでだ!?」

イヤホンから聞こえてきた黒種の声に、桔梗と国枝が同時に反応する。

「みなとみらい競技場です！　犯人は例の逃亡犯だとの情報も！」

桔梗と梅雨美が悲鳴のような声をあげた。

「天樹くんが!?」

「なんでバスジャックを!?」

桔梗は自転車へと駆け戻り、皆に伝える。

「すぐに現場に向かいます。みんなは梅雨美さんが話してくれた天樹勇太の裏取りをお願い」

即座に折口が反応する。

「おい、中継の準備するぞ」

報道部の一同が「はい！」と声をそろえ、一斉に動きだす。


「なんだお前？」

ねめつけるような蜜谷の視線に一瞬時生は怯《ひる》んでしまう。いっぽう、誠司はどこか達観した顔で時生を見つめる。

さっき聞いたばかりの梅雨美の彼への想いが、時生の背中を強く押す。

「いや、あの……」

時生は誠司に向かって、言った。

「……私のこと、覚えてますよね……？」

誠司は黙ったまま、時生を見つめつづける。

「不思議だな。あなたとはなんだか縁があるようだ」

日付けが変わる頃の店での出会い。今日一日の騒動の、あれがそもそもの始まりだった。昼には街中でぶつかり、スマホを取り違えた。そして、横浜スタジアム。あなたは娘を窮地から救ってくれた——。

「今日だけで何度もあなたと対面を……」

「いいから黙って座ってろ」

蜜谷が恫喝するも、「座りません！」と時生は譲らない。

「先ほど私の娘を助けてくれたことは礼を言います」

「？」

「ありがとうございました」

頭を下げる時生を戸惑うように誠司が見つめる。

顔を上げ、時生が言った。

「もう一つ、どうしてもあなたに言いたいことがあります」

「……」

「竹本梅雨美って知っていますよね？」

「タケモトツユミ……知らないな」

「とぼけないでください！」

思わず時生の声が大きくなる。

「うちの店で働くソムリエールですよ。あなたが知らないわけがない」

「……」

五年間ずっと待ち続けた恋人の消息が判明したと思ったら、彼は発砲事件の逃亡者で
しかも今度はバスジャック……!?

もうワケがわからない。頭の中が爆発しそうだ。

うつむき、黙り込んでしまった梅雨美を見て、査子が叫ぶ。

「細野くん！　うちの局にチャンネル合わせて」

「はい！」と細野がすぐさまテレビをつける。しかし、流れているのは通販番組だ。名
も知らぬタレントのオーバーリアクションを見ながら、査子が言った。

「うちが独占中継始めるかも」

菊蔵が梅雨美のもとへ歩み寄り、声をかける。

「梅雨美さん……大丈夫ですか……?」

梅雨美は顔を上げた。「大丈夫ですよ。あ、話終わったし、開店準備しないと」

席を立ち、梅雨美はワインセラーのほうへと去っていく。

「五年前のクリスマス・イブのことです。凍てつくような寒さのなか、あなたは交際中の梅雨美とうちの店に来たんですよね」

この男も俺の過去を知っているのか……!?

誠司の表情が揺らぐのを見て、蜜谷がさえぎる。

「おい、いまその話はいい」

「よくありませんよ！」と時生は声を荒げた。「梅雨美は大切なうちの従業員なんです」

「……」

時生は誠司へと視線を戻す。

「あなたは、うちの店でディナーを済ませたあと、二年待ってほしいと告げ、忽然と姿を消してしまったそうですね」

「!?」

そんなことがあったのか……。

「それから梅雨美は、あなたとの最後の思い出であるうちの店で働きながら五年も待ち続けているんですよ!?　たかが口約束で五年も！」

「……」

「やっと姿を見せたと思ったら犯罪者になっていただなんて……。私はね、梅雨美の気持ちを考えたらいたたまれませんよ」

誠司は正直に告白した。

「……覚えていない」

「よくもそんなことが言えるな！　五年も待たせておいて！」

どうにか怒りを抑えようと、時生は頭を軽く振る。と、近くに座っている主婦の買い物バッグから覗いているケチャップが目に入った。

「ちょっとすみません」

ケチャップを手にとり、時生は語りはじめる。

「一八三〇年代、あなたはこのケチャップが万能薬として売られていたことを知っていますか？」

この男、何を言ってるんだ……？

「しかも、アメリカでは薬としての特許まで下りていた。ケチャップは正真正銘の薬だったんです」

特殊部隊の専用車両がやって来るのが見え、蜜谷が言った。

「ＳＩＳだ」

誠司は窓外へと視線を移す。完全防備の男たちが車両から次々と降りてくる。

時生はかまわず話を続ける。

「それが時を経て、今やどんな食卓にも欠かすことができない調味料になったのです」

ＳＩＳが到着し、地下道の入口から移動しようとしたカレンは、規制線の向こうに自転車を停めた女性に目を留めた。

あれは……。

「時代を経て、たとえ用途が変わったとしてもケチャップは人々から愛され続けているということです。何年経っても、たとえ恋人同士じゃなくなったとしても愛し続けている……梅雨美にとってあなたへの愛は、まるでこの真っ赤なケチャップそのものだ」

時生の演説を無視し、蜜谷が誠司にささやく。

「ＳＩＳに突入されたら終わりだ」

「！」

「あなたはどうなんですか？　梅雨美に対して、いまはもうなんの愛情もないんですか!?」

「……」

「どうなんですか!? 黙ってないでなんとか言ってください――」

誠司に詰め寄る時生に、蜜谷が割って入った。

「危ないから座ってろ」

「!?」

「こいつの近くにいたらあんたも危険だ。狙撃される可能性がある」

「!」

思わず時生があとずさり、手にしたケチャップが誠司の顔の前を一瞬横切る。その赤い色が目に焼きついた。

※

「フランを見た!?」

携帯にかかってきた若い女性からの情報に、真礼は大きな声をあげた。

「はい。多分フランちゃんだと思うんですけど、いま私の目の前にある茂みの中に隠れていると思います」

「本当ですか!?　すぐそちらに行きます！」

やじ馬をかき分けるように進み、規制線の最前列に立つと桔梗はバスに向かってハンディカメラを構えた。

「午後四時過ぎ、いまここみなとみらい競技場でバスジャック事件が起きています。昨夜起きた発砲事件、山下埠頭で起きたひき逃げ事件、そしてバスジャック――」

桔梗の現場リポートをさえぎるようにカレンがカメラの前に立つ。桔梗はカメラを下ろし、カレンへと視線を移す。

「横浜テレビの記者が笛花ミズキに監禁されました。その理由を聞いても、好奇心であとをつけていたとしか言わなかった。けど、そんなわけはない。その記者は天樹勇太の名前を知っていた。そして助けられたと」

一気に話し、カレンは桔梗に訊ねる。

「天樹勇太は一体何者なの？　昨夜から起きている発砲殺人事件に関して、あなたたちはどこまでつかんでいるんですか？」

「……」

「なぜ、あなたは蜜谷管理官と野毛山墓地にいたんですか？」

桔梗はおもむろに口を開いた。

「取材で得たことはたとえ警察であろうと簡単に話すわけにはいきません。ただ、これだけは言っておきます。事件発生から十六時間の取材の中でわかったことがあります」

「……」

「逃亡中の勝呂寺誠司は犯人ではありません」

「……じゃあ、なぜ彼は逃げているの？」

「逃げてる？　そうですよね。私も最初はそう思っていました。でも、それは違ったんです」

「え？」


窓外の様子を見ながら蜜谷が誠司に訊ねる。

「ここからどうするつもりだ？」

「あんたが警察の中で信用できる人間はいるか？」

蜜谷は突然の問いに頭の中で考えを巡らせて答えた。

「……思い当たるのがひとり」

蜜谷の返事を受け、誠司は言った。

「なら、人質を解放する」

「!?」


「彼は逃げてるんじゃない」

桔梗はきっぱりとカレンに言った。

「この街で必死に戦っているんです。自分が何者かをつかみとるために」

「……」

「だから私も戦います。彼と一緒に」

桔梗はカメラをふたたびバスへと向ける。

「……戦う……」

今夜アネモネが行うという大きな取引。それを許せば横浜を拠点に大量の麻薬が出回ることになると蜜谷管理官は言った。

その鍵を握る人物が勝呂寺誠司。

そして、私もこの街を守るための戦いの渦中にいる……。

「そうですね。本当にそうかも……」

そうつぶやき、カレンはその場を立ち去っていく。

中継の準備を終えた報道部の面々を「頼んだぞ」と折口が送り出す。そこに社長の筒《つつ》井賢人《いけんと》が現れた。

「どこへ行くんですか？」

皆の動きが同時に止まる。

折口がおそるおそる口を開いた。「社長……今、みなとみらい競技場でバスジャックが発生していまして……これから現場へ」

「ミュージックフェスティバルまであと二時間半ですよ？」

「それもそうなのですが……」

「我々みたいな小さなローカル局が三時間もの生歌番組をやるためには、全社挙げて取り組まなければいけませんよね」

子どもに言い聞かせるような上からの物言いに、「ちょっと待ってくださいよ」と国枝が割って入った。

「そうは言ったって、俺たちは報道マンだ。目の前で事件が起きて――」

「事件の生中継を差し込めば」と筒井がさえぎる。「CMも全部飛んでしまって売り上げが大きく減ってしまいます。報道マンである前に、横浜テレビの一社員ですよね？」

言葉に詰まる折口に、「準備を進めてください。これ以上進めれば、どうなるかわかってますよね」と告げ、筒井は去っていく。

カネのことしか頭にない元銀行マンを折口たちは苦々しい思いで見送った。


できるだけスムーズに解放すべく誠司が乗客たちを一列に並ばせている。蜜谷はスマホを取り出し、カレンにかけた。

「はい……?」

「俺だ」

「蜜谷管理官!?」

「お前、天樹勇太が犯人だとは思えないって言ったよな」

「!」

「お前に頼みがある」


「……わかりました」

カレンが電話を切ると、どこから見ていたのかすぐに一ノ瀬が寄ってきた。

「狩宮、誰と話してたんだ?」

「……蜜谷管理官です」

「蜜谷!? なんと言ってきた?」

「これから……犯人が人質を解放すると」

「!?」

カレンは無線のスイッチを入れ、現場の一同に告げた。

「人質が解放される! 救急隊にも伝えて」


筒井の姿が見えなくなると黒種が吐き捨てるように言った。

「これ以上何が起きたら中継するっていうんですか……うちの報道は……」

「でも……桔梗さんはひとりで今も現場に」

前島がつぶやき、黒種が続ける。

「流すとこもないっていうのに……」

暗い雰囲気のなか、国枝が言った。

「いや待てよ。あいつのことだ。何か考えがあるのかもしれねえな」

「バスの中に動きが見られます。一体いま、バスの中で何が起きているのでしょうか?

昨晩起きた発砲事件との関連性はあるのでしょうか。事件の全容解明が待たれます」

地下道の入口、規制線の前でハンディカメラを手にした桔梗がリポートを続けている。

と、そこに他局の報道陣がやって来た。桔梗の横で、中継の準備を始める。

「……」

「黒種くん、天樹勇太の裏取りのほうは？」

折口に訊かれ、「いや、それが……」と黒種は困った顔になる。知り合いの刑事に調べてもらったが、警視庁に天樹勇太という名前の警察官がいた痕跡《こんせき》はないというのだ。

黒種が折口に説明していると、他局の放送を流しているモニターの一つにバスジャック現場の映像が映し出された。

「あ！」

遠目に映るバスを背景に男性記者が事件の詳細をリポートしていく。

『――犯人とみられる男は拳銃を所持しているとのことです。今この場所からは中の様子をうかがい知ることはできません』

横並びになったモニター画面では各局が次々とバスジャックを報じはじめる。その様子を見ながら一同は唇を噛みしめた。

「クソ！　本当はうちが一番手だったかもしれないのに！」

吐き捨てた国枝の言葉が報道フロアに虚しく響く。

「査子ちゃん、別のとこで報道が！」

細野のスマホに映し出されたバスジャックの現場中継を見て、査子がつぶやく。

「抜かれた……」


やじ馬たちの壁から少し離れたところで様子をうかがっていたミズキのもとへ柚杏がやって来た。

「大変なことになってますね、笛花ミズキさん」

ミズキはチラと柚杏に目をやり、すぐに視線をバスのほうへと戻す。

「とんだクリスマス・イブね」

「……」

「大好きな勝呂寺誠司を助けなくていいの？　あなたなら助けられると思うけど」

挑発的な物言いに苛立ち、ミズキは振り返った。

「お前、一体何者だ」

「教えてあげたでしょ。ただのフリージャーナリストよ」

「……」

「なんだか、ずいぶんと焦ってるみたいね」

憤然とミズキがにらみつけるも、柚杏はまるで動じない。

「なに？　そんな怖い顔して。私のこと殺す？」

柚杏の言葉に刺激され、ミズキの脳裏に誠司の顔が浮かぶ。

誠司さんは蜜谷に銃を突きつけていた……。

あれは本気なのか、それともフェイクか？

「……邪魔する奴は誰だろうと排除する」

自分に言い聞かせるように柚杏に吐き捨て、ミズキはその場を離れていく。その後ろ姿が視界から消えると、柚杏はバスのほうへと視線を移した。


後方の乗降口が開き、乗客たちがひとりずつバスを降りてくる。

厨房のテレビ画面を固唾を飲んで見守っていた菊蔵と細野が、心配そうに梅雨美をうかがう。梅雨美と査子は唇を引き結び、じっと画面を見つめている。

バスを降りる乗客たちをカメラ越しに覗き、桔梗のリポートは俄然熱を帯びてくる。

「今！　人質となった人たちが解放されています！」

人質に駆け寄っていくカレンの姿がフレームに入る。

「大丈夫ですか？　こっちへ」

救急隊のほうへと誘導しながら、カレンはチラとバスのほうを見る。


列の最後にいた時生は乗降口の前で立ち止まった。

「何してる？　早く出てくれ」と誠司がうながす。

やっぱり、このままじゃダメだ。

時生は踵を返し、真正面から誠司に向き合う。

「……人にはそのときどきでいろんな選択肢があると思う」

「……」

「君に何があったのかはわからないが、そのとき君が出した決断はきっと間違ってはいない」

「……」

「けど、もしいま少しでも心に引っかかりが残っているのなら、もう一度振り返って考えてみるべきだ」

「……」

「そして、そのときは自分が出した答えをちゃんと相手に伝えるべきだと、私は思う」

「……」

言うべきことは言った。

時生は誠司に背を向け、乗降口へと向かう。

「待ってくれ」

誠司に声をかけられ、「？」と時生が振り返る。

「あんたは残ってくれ」

「……え？」

※

解放された乗客たちから事情聴取を終えた杉山が慌てた様子で戻ってきた。

「一課長！　中にはまだ解放されていない乗客がひとりいるそうです」

一ノ瀬が難しい顔でカレンに訊ねる。

「狩宮、蜜谷はほかに何か言ってなかったか?」

「いえ……ほかには何も……」


誠司の計画を聞いた蜜谷が最後に訊ねた。

「逃げたそのあとはどうするつもりだ?」

「任務を続行する」と誠司はきっぱりと断言した。「アネモネを壊滅させる」

本気かどうかを探るような蜜谷に誠司は続ける。

「それが俺の本当の仕事なんだろ?」

「ああ、そうだ」

誠司が拳銃を蜜谷に渡すのを見て、「ええっ!?」と時生は仰天した。

蜜谷が銃口を誠司へと向ける。


「中にはまだ乗客が取り残されているという情報も――」

パン!

バス内から聞こえてきた乾いた音に、桔梗は反射的に背後を振り向く。

耳もとで鳴った発砲音が鼓膜を震わせた瞬間、誠司の脳裏にさまざまな記憶の断片がランダムにフラッシュした。

シャッフルされたそれらのピースがあるべき場所へとハマっていく。

誠司はハッと目を見開いたまま、床に倒れ落ちた。


「今、中から発砲音が聞こえました！」

桔梗がリポートに戻ったとき、バス後方の乗降口から逃げるように大柄な男性が駆け降りてきた。

取り残されていた人質だ……！

男性の顔が見え、桔梗はギョッとなる。

「時生さん……!?」

こっちに向かって駆けてきながら、時生は叫んだ。

「すみません！　犯人が撃たれました！」

「えっ!?　天樹くんが！」

「救急車をお願いします！」

バスから飛び出してきた最後の人質の顔を見て、葵亭の厨房は騒然となる。

「シェフ!?」

「お父さん!?」

なんで人質になってんの!?

一同の目がテレビ画面に釘づけになるなか、時生の声が中継スタッフの集音マイクを通じて聞こえてきた。

「犯人が撃たれたって……」

杏子のつぶやきに梅雨美の顔から血の気が失われていく。

「……」

「早く救急車を！　前に出して」

バスに向かって走りながらカレンが指示する。警官たちが待機していた救急車をバスのほうへと誘導する。

目の前を通過する救急車をカメラに収めながら、桔梗はリポートを続ける。

「大変なことが起きました！　犯人とみられる男が撃たれたとのことです！」

救急車が横づけされるなか、カレンを先頭に警官たちがバスへと乗り込む。いっぽう

時生はやって来た警官たちに保護され、バスの前から去っていく

カレンがバスに飛び込むと、通路に倒れた誠司を銃を手にした蜜谷が見下ろしていた。誠司のシャツの腹部は赤黒く染まっている。

蜜谷はカレンを振り向き、ひそかに視線を交わす。

「救急隊早く！」

救急隊員と警官たちが誠司の身体をストレッチャーに載せ、救急車へと運ぶ。遅れてカレンも救急車へと乗り込んでいく。

バスから降りた蜜谷の目の前で救急車の後部ドアが閉まり、誠司の姿が消えた。

「……」

「今、犯人とみられる男を乗せた救急車が走りだしました！」

去っていく救急車を見送り、桔梗はカメラを下ろした。

「……天樹くん……」

9

コスモワールドの大観覧車を遠くに眺めながら、誠司が梅雨美と並んで歩いている。

梅雨美は誠司に腕をからませ、幸せそうにつぶやく。

「葵亭のビーフシチューほんと美味しかったねぇ」

「……」

「また一緒に食べに行こうね」

「……」

「ねえねえ聞いてる？　天樹くん」

「ああ……」


――目を開くと、さまざまな医療器具で覆われた狭い車内が視界に飛び込んできた。

そばにはカレンが寄り添い、誠司の腹部を押さえている。

救急隊員が誠司のバイタルサインを確認し、「状態は安定しています」と向かっている病院に携帯で報告する。

アナウンサーが伝えるバスジャック犯が撃たれたというニュースを、梅雨美が虚ろな表情で眺めている。頭の中で天樹勇太の声がする。

「二年……もしも待っていてくれたなら、二年後の今日……クリスマスイブにあの店で会おう」

視線が貼りつけられたようにテレビ画面から目を離さない梅雨美のことが見ていられず、査子が動いた。

「私、局に戻って状況を確認してきます！」

査子が去ってからも梅雨美はしばらくニュースを見ていたが、ふいに画面に背を向けると、そのまま裏口から出ていってしまった。

「梅雨美さん……」

追いかけようとする菊蔵を、「ここは僕が」と細野が制する。「菊蔵さんはお店をお願いします！」

「あ、わかりました」

報道陣とやじ馬で騒然となっている現場の隅で、一ノ瀬が蜜谷に聴取を行っている。

「威嚇《いかく》射撃？」

「ええ。勝呂寺が暴れ出したんで、仕方なく」

「残された人質はそうは証言していない。刑事が突然犯人に銃を向けたと」

一ノ瀬の言葉に蜜谷は開き直った。

「昨晩から逮捕するチャンスは何度もあったってのに、あなた方はことごとく逃亡犯を取り逃がした。そんな失態続きの神奈川県警さんの代わりに俺がやってやったんですよ。礼の一つでも言えないもんですかね」

「やりすぎだ。被疑者に瀕死の重傷を負わせやがって」

「ガタガタ言ってないで、早いとこ勝呂寺のとこに行って介抱でもしてやったらどうですか」

不敵な笑みを浮かべたままそんな捨て台詞を吐くと、蜜谷は悠々とその場を立ち去っていった。

「一課長。ご報告が」

入れ違うようにやって来た杉山に一ノ瀬は不機嫌顔を向けた。

「なんだ？」

「それが……車内のどこからも血痕が見つからないそうです」

「どういうことだ？　あり得ないだろ。腹部に銃弾を浴びておいて……」

まさか……。

一ノ瀬は遠ざかっていく蜜谷の背中をじっと見つめる。

聴取を終えた時生がパトカーを出ると、蜜谷がこっちに歩いてきた。ふたりはひそかに視線を交わし、すれ違う。


店を出た細野は梅雨美がかなり先のほうを走っているのを見て驚いた。慌ててあとを追いかける。

「梅雨美さん！」

やがて梅雨美の走る速度が落ち、足が止まった。腰を折って息を荒げている梅雨美に、追いついた細野が声をかける。

「……大丈夫ですか？」

「……」

「梅雨美さん……？」

顔を上げた梅雨美は細野に笑いかける。

「何か勘違いしてない？　私はほら、シェフたちが割っちゃったヴィンテージワインあるでしょ。あれ毎年クリスマスに予約してくれる桑田《くわた》さん夫婦から用意してって頼まれたやつだからさ。同じものが知り合いのワインショップにあるっていうから買いに行こうと思ってるだけで――」

早口で言い訳する梅雨美を細野がさえぎる。

「またそうやって」

「何よ？」

「僕らの前でそんな強がらなくたっていいんですよ」

「……」

「僕ら、仲間じゃないですか」

「はぁ？　何それ」

冷たい視線を向けられ、細野は謝る。

「すみません……」

「ごめん。ディナーまでには絶対戻るから。お店頼んだよ」

ふたたび歩きだした梅雨美だったがすぐに立ち止まり、細野を振り返った。

「いい人はモテないって言うけどどさ。私はそうは思わないよ」

「え？」

「ちゃんと今日プレゼント渡すんだよ」

笑顔で言われ、細野の顔にも笑みが浮かぶ。

「はい」

「ありがとね～」

踵を返し、梅雨美はしっかりとした足どりで歩きだす。


壁の掛け時計で時間を確認し、山田はチラッと菊蔵を見る。菊蔵と目が合い、気まずさにすぐに視線をそらす。そんな山田に菊蔵が言った。

「そうです。開店まであと二時間。このままだと、とても営業できる状況ではありませんよね……」

なんと答えていいのかわからず、山田は黙る。

「でも、やりましょう」

そう言って菊蔵が差し出したのは葵亭のユニフォームだった。怪訝な顔で受け取る山田に菊蔵は言った。

「今できることを残された我々で」

「はい！」

バスジャック判明からの人質解放、そして犯人への銃撃と救急車での搬送……現場に到着して一時間も経たずに目まぐるしく事態が変化し、報道陣のざわつきは収まらない。

時生が警察の事情聴取から解放されたとみるや、興奮気味に取り囲む。

「中で何があったんですか!?」

「撃たれたのは逃亡中の犯人ですよね!?」

突き出されるマイクやボイスレコーダーを手で払い、時生は歩を進める。

「すみません、道を開けてください」

報道陣をかき分け、壁の後方にいた桔梗の前で立ち止まる。

「桔梗さん。あなたに話があります」

「!?」


アネモネのバーに戻っていたミズキはモニターに映るバスジャック関連のニュースを眺めながら、電話を受けていた。

「誠司さんが……?」

バスを出たストレッチャーが救急車に運ばれていく映像が繰り返し流される。

「……そうですか。わかりました」

口もとに笑みを浮かべ、ミズキは電話を切った。

ひと気《け》のない場所に移動し、時生は桔梗にバス内での出来事を説明する。

「当たってない？」

「はい。あの刑事さんは彼に向けて発砲してはいません」

「でも腹部を撃たれたとの情報が」

「ああ、あれは違うんです。撃たれたふりをして運ばれて行ったんです」

「!?」

「彼に言われたんです。俺が倒れたら外に出て『撃たれた』と叫んでくれと」

え……。

「そして、あなたとの約束は守る。そう伝えてくれと」

「約束を……？」

「はい」

「あ、このこと警察には？」

「言っていません」

「大丈夫ですか……？」

「彼には娘を助けてもらった恩義があります。それに、なんだかよくわからないんですが、彼を見てると応援したくなるというか……」

「……それは私もです」

「え？」

「ありがとうございます。私は取材を続けます」

「はい。頑張ってください」と時生が微笑む。

「時生さんも今夜のディナー頑張ってください」

「はい。それじゃ……」

「それじゃ……」

最後に視線を交わし、桔梗は近くに停めていた自転車にまたがり、走りだす。


走る救急車の中、カレンが横たわる誠司のコートのポケットにそっと黒いカード状のものを忍ばせる。

「替わります」

救急隊員がカレンにそう呼びかけると、カレンは場所を譲り、救急隊員が誠司の腹部に触れたその瞬間、誠司が突然ガバッと起き出し、救急隊員に拳銃を突きつけた。

「!?」

直後、救急車は路肩に急停止した。

※

電話を切り、黒種が折口を振り返った。

「桔梗さん、これから局に戻ってくるそうです！」

「倉内はなんて？」

「取材は続ける。そう言っていました」

「何かつかんだのかもな……」と期待を込めて国枝がつぶやく。

「黒種くん。今まで取材で得た情報を原稿にまとめて」

「はい！」

すぐに前島も反応する。

「じゃあ僕は使える映像をピックアップしておきます！」

ようやく報道部が一つになって動き出す。

蜜谷が横浜署の廊下を歩いていると、「蜜谷管理官」と声をかけられた。今朝、山下埠頭ですれ違ったとき、意味深な視線を送ってきた女だった。

「お前、あのときの……」

柚杏は蜜谷に警察手帳をかかげ、言った。

「警視庁警務部の八幡《やはた》柚杏《ゆあん》です」

「監察官がなんの用だ」

「私はずっと管理官を内偵していました。管理官がアネモネとつながっているんじゃないかと疑っていたからです」

「……」

「でも、それだと辻褄《つじつま》が合わないことが今日、たった一日で立て続けに起こりました。捜査本部から勝呂寺誠司を逃がしたのは、管理官ですよね？」

蜜谷は答えず、次の言葉を待つ。柚杏は懐から一枚の写真を出し、蜜谷に見せる。見覚えのある車が写っている。

「管理官をはねた車は盗難車でした。殺そうとしたのはアネモネの人間ですよね？」

「……」

「管理官は自分とアネモネをつなぐ勝呂寺誠司が捕まらないように守っている……私にはそう見えていました」

「……」

「ですが、それだと何かおかしかった。もし、管理官がアネモネと勝呂寺誠司をつないでいたとしたら……？　そう考えるとまったく見え方が変わってきます」

「さっきからなに言ってんだお前」と蜜谷が柚杏の見解を一蹴する。「お前の仕事は警察内部の不正を暴くことだろ。とっととアネモネとつながってる人間を捕まえろ」

「もちろんです」


査子が局に向かって大通りを走っている。と、道の向こうから同世代の女性と腕を組んだ金子翔太《かねこしょうた》が歩いてくるのに気がついた。

査子は足を止め、女連れの恋人をじっと見つめる。査子に気づいた金子が慌てて女の腕を振りほどいた。

「え、なに？」

「査子……」

査子は顔をしかめる女を一瞥《いちべつ》し、金子のほうへと歩きだす。

「いや、違うんだ。俺はべつにこいつとは——」

焦って言い訳する金子を無視し、査子は横を通り過ぎていく。

「査子！　待ってくれって」と金子が必死に声をかける。「今夜は仕事なんだろ？　落ち着いたらお父さんのとこの店にも行かせてもらうから。誕生日プレゼントだって買ってあるんだよ」

しかし査子の足は止まらない。

「査子！」と金子が腕をつかむ。査子はそれを振り払った。

「!?」

「仕事があるから。あと……もう連絡してこないで」

怒りに任せ歩きだした査子は、道端に自転車にまたがった桔梗がいるのに気がついた。

「桔梗さん……」

桔梗は黙って査子を見つめる。

もしかして、全部見られてた……。

気を取り直し、査子は桔梗に訊ねた。

「現場の状況は？　天樹勇太が撃たれたって……」

居ても立っても居られずここまで来てしまった……。

やじ馬たちの壁の後ろから梅雨美がバスのほうを見ていると、「梅雨美？」と声をかけられた。振り返ると時生が立っていた。

「シェフ……。天樹くんは!?」

時生がにっこりと梅雨美に微笑む。

「えっ、撃たれてない……？」

桔梗の言葉に杳子は驚きの声をあげた。

時生から聞かされた仰天の事実に、梅雨美は絶句する。

「じゃあ、天樹くんは……？」

桔梗は杳子に意味深な笑みを浮かべる。

「今頃、どこかに消えたはず」

「消えた……？」

時生から話を聞き終え、梅雨美は心の底から安堵した。

「梅雨美……彼は人を殺してなどいない。俺はそう思う」

「……」

「店に戻るぞ」


自転車を押す桔梗と査子が並んで歩いている。桔梗が心配そうに自分の顔色をうかがっているのに気づき、査子は口を開いた。

「父がよく言ってたんです。男は顔でモテるのは二十代までだって。見かけだけで選んだつもりなかったんだけどなぁ」

自嘲気味につぶやき、査子が続ける。「さっきの、父が見たら『ほら言ったろ。中身見ろ』ってうるさく言われちゃいそうですよ」

「……」

「あ、私、全然平気ですからね」

「本当に？」

「はい。今は恋愛よりもっとドキドキできるもの見つけましたから」

「……」

「今朝、教えてくれましたよね？　スクープ取るの、最高だって」

「そうね」と桔梗は笑った。

「行きましょう。早くみんなに伝えなきゃ」

「うん。でもね、一つだけ言っておく」

「？」

「この先、もしもこの人だって人にめぐり逢えたと思ったら、そのときは自分の気持ちに素直にならなきゃダメよ」

「……」

「じゃないとね、ずっと心に残っちゃったりするから……」

実感のこもった言葉に査子はつい、桔梗の脳裏にいま誰の顔が浮かんでいるのかを考えてしまう。

「……わかりました。覚えておきます」

「うん」

時生と梅雨美が葵亭への道を並んで歩いている。うつむきがちな梅雨美をチラと見て、時生が言った。

「ビートルズってバンドは知ってるだろ?」

「え?」と梅雨美が顔を上げる。「うん。知ってるけど」

「ビートルズはな、一九六四年六月四日から初の本格ワールドツアーへ出発することになったんだ。ところが、ツアーの出発直前にドラムのリンゴ・スターが扁桃腺炎《へんとうせんえん》と咽頭《いんとう》炎《えん》のために入院してしまった。チケットはすでに完売。今さらコンサートをキャンセルすると莫大な補償金の支払いが発生してしまう。そこでリンゴの代役を立てることになった」

「……」

「ジョン・レノンとポール・マッカートニーはそれを了承したが、リードギターのジョージ・ハリスンはそれに反対した。メンバーの誰ひとり欠けても、それはビートルズじゃない。僕は行かないよってな」

「なにシェフ、音楽のうんちくも——」

「俺はな、今日一日で痛感したことがある」

「?」

「今の葵亭の味を作っているのは俺ひとりじゃなかった」

時生はしみじみと言った。

「ソムリエール、皿洗い、ギャルソン……誰ひとり欠けても、それは葵亭じゃない。みんなと一緒に今日という日をいい日にしたい。だから俺は……」

「……」

「梅雨美……大丈夫だ。お前も言ってたろ。俺たちには神が味方してくれる」

「はぁ？」と梅雨美は笑った。「ホントいっつも回りくどいんだから」

「なんだよ」

「神か……本当にいてくれたらいいね」

そうつぶやき、梅雨美は道の向こうに見える大観覧車に目をやる。まるで神様が遊ぶルーレットみたいだ。

今夜、私たちの望む目が出ますように……。

※

残念ながらフランとの再会は叶わなかった。

「すみません。私が見失っちゃったから……」

「いやいや、あなたのせいじゃありませんよ」

電柱に貼られた尋ね犬のビラを背に真礼が連絡をくれた女性、真緒《まお》と話している。

「フランちゃんはいつからいないんですか？」

「今朝からずっとです」

「それは心配ですね……」と真緒は心からの同情を示す。

「はい」とうなずき、真礼は遠い目になる。

「なんの当てもなく探し続けることは、しんどくツラくてしんどいもんだ」

「わかります……。私も探し続けるのに疲れちゃいました」

「でもね、やめちゃいけないんですよ」

「？」

「人生と一緒だ。何が正解か。どこに答えがあるのか。自分は一体何をしたいのかってね」

「……」

「でも、たとえツライ思いをしたとしても、必死で探したその先にはきっと、探す前の自分よりも成長した自分がいるはずなんです」

真礼の言葉の意味を考えながら、真緒は自分が手にしたスーツケースに視線を落とす。

「ま、いま私が捜しているのは犬ですけどね、犬」

苦笑する真礼につられ、真緒も笑う。

「……なんだか疲れたな」と真礼はため息をついたが、すぐに表情を切り替え、「いや、疲れてません。全然疲れてない」と言うと、真緒に一礼して再びフランを探しに向かった。


パソコン画面に並ぶ決算の数字を見て、筒井は今日何度目になるかわからないため息をつく。右肩下がりの業績に回復の兆しはなく、元銀行家の目からすると危険水域はすでに超えている。

そのとき、デスクの脇に置いていたスマホが鳴った。出ると娘の莉乃《りの》だった。

「どうした?」

電話の向こうでもじもじしている五歳の娘に筒井は言った。「ごめんな、パパまだ帰れないんだ。ちゃんと早く寝ないとサンタさん来てくれないからな。……うん、お仕事頑張るよ。……うん、ありがとう」

電話を切ると待ち受け画面に娘の姿が現れる。自然にほころぶ顔を引き締め、筒井はふたたびパソコン画面へと視線を移す。

「……」

と、ノックの音と同時にドアが開き、「社長」と秘書が顔を出した。

「ミュージックフェスティバルの出演者が到着されました。ご挨拶をお願いします」

「ああ」


桔梗と査子が報道フロアに戻るとスタッフ一同が集まってきた。

「倉内、一体現場で何が起きたんだ!?」

「撃たれたのはあの天樹勇太なんだよな？」

「車内にいた刑事が発砲したって情報が」

折口、国枝、黒種の矢継ぎ早の質問を桔梗が手で制する。

「みんな、ちょっといい？」

桔梗は副調整室へと歩きだし、そのあとを査子が続く。きょとんとしている折口たちを「早く早く」と査子が手招く。

みんなは急いであとに続いた。


横浜署の取調室で神林が取り調べを受けている。そこに柚杏が入ってきた。

「ちょっといいですか？　私も彼に話が」

取り調べをしていた刑事に自分の所属を告げ、半ば強引に席を譲ってもらう。ボスの笛花ミズキについて問うと、「はぁ?」と神林は不機嫌に顔を歪めた。

「誰も奴をボスだと認めちゃいねえ」

「それでも笛花ミズキは二年以上も上に立ち続けている」

「誠司がいたからだ。誠司さえいなければ……奴はとっくに引きずりおろされていた」

「……」


誰もいないバーの中、ミズキが流暢なスペイン語でスマホの向こうの相手、ロス・クエルボの交渉役に告げる。

「今夜二十時、予定通り進める」

「いや、今夜の取引は中止だ。横浜はいま危ない」

「!……大丈夫だ。警察が介入しない安全な取引場所なら用意した」

「我々は危険な橋を渡りはしない。ミズキ、お前との話は終わりだ」

「待ってくれ――」

「我々が話すのは誠司だけだ」

そう言うと相手は電話を切った。

舌打ちするミズキに背後から声がかかった。

「取引は中止だと言ってきたか」

「！」

振り返るとドアの前に誠司が立っていた。ミズキはふっと微笑む。

「撃たれてあの場から運ばれたと聞いたとき、誠司さんはうまいこと逃げ出したのだとわかりました」

こちらへと歩いてくる誠司のシャツの腹部が赤黒く染まっているのに気づき、「それは？」とミズキが訊ねる。

「ただのケチャップだ」

こんなものに警察はあざむかれたのか……。

あまりのバカバカしさにミズキは笑った。

着替えを終えた誠司にミズキが訊ねる。

「あの場から逃げるために蜜谷に撃たせたんですよね？」

「ああ、そうだ」

「やっぱり誠司さんは蜜谷と……」

「それは違う」

「今さらそんな嘘を——」

　さえぎるように誠司が言った。

「俺は蜜谷を利用したんだ」

「利用した……？」

「あいつはまだわかっていない」

「何をですか？」

「俺が記憶を取り戻したことだ」

「!?」

　本当に……!?

　探るように見つめるミズキに誠司は語りはじめる。

「蜜谷は記憶がない俺を仲間だと言い、今夜の取引場所を聞き出そうとしてきた。だから俺は、バスの中で記憶がないふりをしたままそれに応じた。この場から俺を逃がすことを条件に、今夜の取引場所を聞き出してやると」

「……」

「ミズキ……今夜の取引は中止したほうがいい」

「……ふざけんなよ」

ボソッとつぶやいたあと、ミズキは感情を爆発させた。

「ふざけんなって！　誠司さんは呑気なもんですよ。記憶失って、今日一日自分が誰なのかってそれだけ考えてればよかったんだから」

「……」

「今日一日、さんざんあんたに振り回された。俺がどんだけ心配してきたか」

「……すまない」

「本当に記憶を取り戻したのかどうかだって……」

ミズキは言葉に詰まりながら、思いの丈をぶちまけていく。

「今夜の取引を成立させなかったら、俺がどうなるか……俺だけじゃない、誠司さんだって。もうあとがない。やるしかないんだ……やるしか……」

ミズキが落ち着くのを待って、誠司が言った。

「ミズキ……それで本当にいいんだな？」

「……」

桔梗の話を聞き、黒種が驚きの声をあげた。

「撃たれてない!?」

折口らも信じられないという顔で桔梗を見つめる。

「そう。天樹くんはあの場から逃げるために撃たれたように偽装して救急車に乗ったの」

「おい、じゃあ天樹勇太は……？」

国枝の問いに桔梗が答える。

「おそらく、あの救急車から逃げ出したはず」

「逃げ出したって……」と折口はあきれ顔で叫んだ。「警察は何やってんだよ!?」


「逃げられた？」

「はい……」

臆面もなく告げるカレンに、一ノ瀬は鋭い視線を向けた。

「お前が逃がした、じゃなくてか？」

「!?」

「お前、知っていたんじゃないのか？」

「何をですか……？」

「蜜谷が放った見せかけの銃弾でヤツを救急車に乗せ、逃がすことをだ」

「私はそんなこと……」

「蜜谷と電話してたよな？」

表情を変えずに、一ノ瀬は冷徹に言い放った。

「お前にはこの捜査から外れてもらう」

「！」

「追って内部監査が入るだろう。それまでは待機していろ」

厳しい声で命じると、一ノ瀬は踵を返して歩きだす。廊下の角を曲がり、その姿が消えると、カレンは大きく一つ息をついた。

覚悟はしていたとはいえ後戻りできない一歩を踏み出してしまったことを実感し、これでよかったのかとカレンは自問自答する。


誠司はスマホをスピーカーにし、ロス・クエルボの交渉役と話しはじめる。ミズキほどうまくはないが、聞き取りやすいスペイン語だ。

「そっちの言い分はわかった。取引は中止だ」

誠司の発言にミズキは驚く。

「俺だって危険な橋を渡りたくない。日本の販売ルートを失って損するのはお前たちのほうだ。俺たちは手を引かせてもらう。話は以上だ」

「待て、誠司」と慌てたようなスペイン語がスマホから聞こえてくる。「本当に安全な取引場所の準備があるのか？」

「捜査情報はすべて耳に入ってくるんだ」

「……わかった」

「二十時に。場所は追って連絡する」

誠司は電話を切ると、ミズキに向かって不敵な笑みを浮かべた。

「予定通りだ」

「……」

※

副調整室のホワイトボードに概要を書きながら、桔梗が一連の事件を整理していく。

「昨夜クリングル号記念公園で起きた発砲殺人事件。現場から逃走した男の名前は」

「勝呂寺誠司」と生徒のように折口が答える。

桔梗はホワイトボードにマジックを走らせ、話を続ける。

「被害者はその勝呂寺誠司と同じ組織にいる男だった」

国際犯罪組織アネモネと桔梗がボードに書き、その下に笛花ミズキと書き加える。

「その組織のトップに立つのが、私を捕まえた笛花ミズキ……」

査子にうなずき、桔梗は続ける。

「当初、殺害したのは逃亡中の勝呂寺誠司だと思われていた。でも、彼にはもう一つ名前があった」

勝呂寺誠司の隣に天樹勇太と記し、二つをイコールで結ぶ。

「彼が何者かを知っている人物が――」

「警視庁の蜜谷」と黒種が答える。

蜜谷の名前を書き、桔梗はさらに事件の展開をボードに記していく。

「でも、蜜谷さんは天樹くんと会おうとしたその矢先に何者かに車でひかれた。天樹くんはこう言った。蜜谷が犯人かもしれない……と」

「だからおまえたちは」と国枝があとを引きとる。「真実をつかむために蜜谷管理官と落ち合って独占インタビューを撮ろうとした」

「だけど、天樹くんはそこには来なかった。そして、次に起きたのが」

「バスジャック」と前島が桔梗に答える。

「その車内で天樹くんと蜜谷さんは会って何かを話したはずよ。そこでおそらく、天樹くんは自分が何者かを知った」

「そして、そこから撃たれたと偽装して逃げ出し」

「今は姿を消している……？」と国枝が査子に続ける。

うなずき、桔梗は言った。

「彼は逃げ出す前に私に伝言を残していたの」

「伝言？」

皆の視線を浴びながら、桔梗は言った。

「あんたとの約束は守る」


バーの時計を見ながらミズキが言った。

「取引まであと三時間を切っています。もし本当に記憶が戻っているなら、取引用のパスワードを入力してください」

カウンターに置かれたスマホを不思議そうに誠司が見詰める。

「……このスマホ、どこにあった？」

「野毛の洋食屋に」

「なんだそれ」

葵亭でのドタバタを思い出し、ミズキの頬がわずかにゆるむ。

「大変だったんですよ。これ取り戻すの」

スマホを手に取り、誠司が訊ねる。

「取引場所は?」

「……」

「変更したんだろ?」

「先にパスワードを」

「ミズキ。俺を信じろ」

「……」

「って、今さら無理か」

誠司は笑い、ミズキに言った。

「なぁ、腹へらねえか?」

時生と梅雨美が店のドアを開けると、開店準備をしていた三人が一斉に振り向いた。

「あ、シェフ!」

「梅雨美さんも」

「ただいま。買ってきたよ」と梅雨美がワインの入った紙袋をかかげる。

「あ、さっき杏子ちゃんから連絡もらいました。彼は大丈夫だったって」

「うん」と梅雨美が笑顔で細野にうなずく。「それなら知ってる。シェフから聞いた」

「え？」

「まあ、そういうことだ」

「ごめんね、心配かけて」

「私は驚きましたよ」と菊蔵があきれ顔で時生を見る。「シェフがまさかあのバスに乗っていたなんて」

「僕も驚きました」

細野が続き、山田も強くうなずく。

「一番驚いたのは俺だ」と時生が返す。「毎年乗ってたあのバスであんな事件に巻き込まれるなんて……」

「結局お墓参りには？」

時生は小さく首を横に振り、言った。「今日ちゃんと店を開いて、明日しっかり報告に行ってくる。妻も許してくれるだろう」

揃ってうなずく一同を見て、時生は何か違和感を抱く。すぐにその原因がわかった。

警察の制服が葵亭のユニフォームに変わっているのだ。

「あ、いや……」

動揺する山田を見て、菊蔵がすぐにフォローする。

「山田さんにも手伝ってもらっていたんです」

「案外似合いますよねぇ」と細野。

「いえ……」

照れる山田に微笑み、梅雨美が時生を振り返る。

「そういえば、もうひとりいたね。今のうちの店には」

「いたな」と時生が笑みを返す。

「シェフ、ホールの準備は完璧に整いました」

菊蔵と隣に細野が立ち、その横で山田が背筋を伸ばし、敬礼する。時計を確認し、梅雨美が言った。

「シェフ。開店まであと一時間半だよ」

「メインディッシュはもう決まってるんですか?」

細野に訊かれ、時生はうなずく。

「うん。まあな」

「！」

「何にしたの!?」と梅雨美が詰め寄ったとき、ドアが開いた。

店に入ってきた若い女性に時生が声をかける。

「すみません。開店は十九時から――」

「真緒！」

突然叫んだ菊蔵を、「え？」と皆が振り返る。


「あんたとの約束を守るって……」

国枝は桔梗の言葉を繰り返し、驚きの顔になる。「じゃあ、天樹勇太は独占インタビューに応じるってことか？」

「わからない。なんでそんなこと言ったのか……。でもね、あのとき、墓地で彼を待っていたときに蜜谷さんが言っていたことを思い出したの」

「？」

「勝呂寺誠司が属している組織と警察の人間がつながっているって」

査子がハッと桔梗を見る。「だから、情報が下りてこない……？」

桔梗は査子にうなずいた。

「検問を突破した笛花ミズキの情報だって、まだ下りてきていません」

「たしかに」とうなずき、前島も付け足す。「病院に搬送している犯人が逃げ出したって情報だってまだ下りてきていません！」

事件の裏に秘められた驚愕《きょうがく》の事実に折口の顔色が変わる。

「おい、これって……」

うなずき、桔梗は言った。

「意図的に警察の誰かによって情報が隠されている可能性がある」

「！」

「情報を隠すって……そんなことできるのは」

つぶやく黒種に桔梗が答える。

「警察内部でも相当上の人間しかいない」

「だとしたら、犯罪組織がつながっているのは警察上層部の人間ってことか!?」

思わず大きな声をあげた折口に、「そう」と桔梗が強くうなずく。

「！」

そのとき、ふいにドアが開き、「すみません」と音楽班の社員が顔を出した。

折口が慌ててホワイトボードを裏返す。裏にはあらかじめミュージックフェスティバルの進行が書いてある。

「間もなくミュージックフェスティバルが始まります。みなさん、スタジオへお願いします！」

「あ、おう。いま行く！　みんな、流れは頭に入ったな？」

「はい！」と皆が声をそろえる。

「スタンバイ手伝ってくれ」

折口に送り出されるように一同が副調整室を出ていくなか、最後尾にいた桔梗のスマホがショートメッセージを受信した。

「!?」

※

スマホに視線を落とした蜜谷が廊下に佇《たたず》んでいる。そこに一ノ瀬がやって来た。

「蜜谷管理官。話がある」

人けのない場所に移動し、一ノ瀬は切り出した。

「君だね？　勝呂寺誠司を逃がしたのは」

蜜谷は答えず、先をうながす。

「狩宮をどう言いくるめて手伝わせたかはわからんが、彼女はすでに捜査から外れてもらった。君に関しても神奈川県警として正式に警視庁へ通達する。君がやったことは立派な犯罪だ」

「待ってくださいよ。逃がしたってどこにそんな証拠が――」

一ノ瀬は蜜谷に写真を突きつける。蜜谷と榊原の密会現場を隠し撮りしたものだ。

「アネモネの牧瀬が所持していたものだ」

「……」

「蜜谷、もう言い逃れはできないんだよ」

しばし、ふたりは見つめ合う。

あきらめ、一ノ瀬が踵を返したとき、蜜谷が重い口を開いた。

「勝呂寺誠司は俺がアネモネに潜入させた捜査官です」

「！……」

誠司がカウンターに置かれたスマホを見つめながら、ミズキのことを考えている。

自分を慕い、頼りにしてくれている。その想いは本物だろう。

しかし……。

そこにハンバーガーの袋を手にしたミズキが戻ってきた。

「誠司さん、買ってきましたよ」

「ああ、悪いな」

カウンターに並び、ふたりはハンバーガーを食べはじめた。

「初めて親父から誠司さんを紹介されたとき、実は俺ちょっと苦手でした」

唐突にそんなことを言われ、誠司はミズキへと顔を向ける。

「なんかスカしてて、一体何考えてるのか本音つかめなくて」

「悪かったな」

「どうせこいつも親父に取り入って、上に立とうとしているんだろうなって」

「……」

「でも、俺の命を救ってくれたあの一件以来、それは違うとわかりました。ちゃんと付き合えば、根は優しくて誰よりも情に厚い人なんだなって」

「……」

「誠司さんにだけはなんでも話せるようになった。それから五年……誠司さんが俺を育ててくれたんです」

ハンバーガーの残りを口に放り、誠司は言った。

「……俺も最初はお前が苦手だったよ」

「？」

会議室に場所を移し、蜜谷が一ノ瀬に語りはじめる。

「最初のうちはすべてがうまくいっていた。だが次第にヤツはアネモネの若きボス、笛花ミズキに情が移りはじめていった。笛花ミズキを裏切れないと……」

「……」

「そこからすべてが狂いはじめた」

「……」

「勝呂寺はずば抜けた能力を持っている。唯一弱点があるとすれば、優しすぎるところだ。いつしかあいつは任務に対して懐疑的になっていった。そしてとうとう、もう任務を遂行できない。任務を降りたいと訴えてきた」

「……」

誠司は続ける。

「お前は親父さんが作った組織で楽して上に立とうとしているように見えた」

「!?」

「ひ弱なボンボンが馴れ馴れしく俺に付きまとってきて、ホント面倒だった」

辛辣な物言いにミズキの表情が険しくなる。

「でも、お前といるうちに次第にわかってきた」

「……」

「お前は苦しんでいた。ファミリーの中で常にその座を狙われ、いつ蹴落とされるかわからない。誰も信用できない。孤独の中で生きていた」

「……」

「だから、俺はお前の力になりたいと思ったんだ。たったひとり、ここで戦ってるお前のな」

「誠司さん……本当に記憶が……?」

半信半疑で話を聞く一ノ瀬に、畳みかけるように蜜谷は言葉を連ねる。

「だが、幸運なことにヤツはいま記憶をなくしている。このままいけばすべてがうまくいく」

「……どういうことだ？」

「もし記憶が戻ったら、ヤツは笛花ミズキに付くでしょう。その前に事をすべて片づけたい」

「……待て。そもそもお前がやっていることは――」

皆まで言わせず蜜谷がうなずく。

「ええ。違法捜査ですよ。でも、ヤツが天樹勇太じゃなく勝呂寺誠司のままでいてくれたら、そうはならない」

「俺にそんなこと聞かせてどうするつもりだ？」

意味深に笑う蜜谷に一ノ瀬が詰め寄る。

「答えろ。ヤツを泳がせてどうする気だ？」

「今夜二十時に大きな取引がある。その場を押さえてアネモネを壊滅する。あなた方は勝呂寺誠司を捕まえればいい。そのためにヤツを逃がしてやったんですから」

「ヤツを捨て駒にするのか？」

「人聞き悪いこと言わないでくださいよ。俺はただ自分の仕事をしているだけですよ」

会議室のドアをわずかに開け、壁に背を預けてふたりの話を盗み聞いていた柚杏は薄く微笑むと、その場を立ち去った。

「蜜谷は今夜、俺らの取引現場を押さえるつもりだろう」

誠司の言葉にミズキの表情がふたたび引き締まる。

「だが、変更した取引場所はまだ知らない」

「……」

「ヤツは俺からの情報を待っている」

「……」

「蜜谷には別の場所を伝える。それでいいだろ？」

「……」


「主人がいつもお世話になっております」

ニコニコと頬がゆるみっぱなしの菊蔵の横に立つ真緒をまじまじと見つめ、時生たちは言葉を失った。

若っ……！

「菊蔵さんの奥さんって……」

この人が？……と細野が信じられないという表情で菊蔵を振り返る。

「はい」

「パパ活じゃ……ないよね？」

失礼な梅雨美の言葉にムッとすることもなく、菊蔵は笑顔で答える。

「正真正銘、私の妻です」

「！……」

菊蔵と真緒を見比べ、細野がボソッとつぶやく。

「なんか……負けた気がするのはなぜですかね……」

「まあ……あれだな。菊蔵さんは声がとてもいいからな」

無理やり理由を見つけようとする時生に、「たしかに」と細野もうなずく。

「声量すごいなって僕も思ってました」

「ああ。声フェチね」

「それだ、それ」

時生が梅雨美にうなずくも真緒はあっさりと否定した。

「いえ、違います。私が小さいときから飼っていたペスにすごい似てて」

「ペス？」

「犬ですよ」と菊蔵が苦笑しながら皆に教える。

「だからなのか、私がひと目惚れしちゃって」

「そういうパターンもあるんだ……」

感心する細野に時生が言った。

「あるある……だな?」

いや、違うでしょという目で細野が見返す。

と、真緒があらためて菊蔵に顔を向けた。

「ごめんね、菊ちゃん。ずっと既読無視しちゃって」

「いや、いいんだ。こうして会いに来てくれたんだから」

「ずっと夜が寂しくてさ」

真緒から飛び出したあからさまな言葉に、時生たちはドギマギしてしまう。

「そのことならこれからは――」

「菊ちゃんいつも遅いから、ひとりでいるのが嫌で。愛されてないいんじゃないかなって」

え……と皆が顔を見合わせる。

「あっちの夜が原因じゃなかったんだ……」

「そっちの夜ね」

「普通の夜か」

細野、梅雨美、時生がささやき合い、山田もうんうんとうなずいている。

「でも、どうして急に戻ってくれたんだ？」

菊蔵に訊かれ、真緒は言った。

「さっき犬を捜しているおじいちゃんにね、『探し続けなきゃダメだ』って言われて反省したの。悪いとこに目を向けるんじゃなくて、菊ちゃんのいいとこをもっと探さないとなって」

「そんなことを……」

「菊ちゃん、仕事忙しいのに私の分までお弁当だって作ってくれてるのに。そういうのも当たり前に思うようになっちゃってた。いつも本当にありがとう」

そう言って、真緒は菊蔵に頭を下げる。

菊蔵は胸がいっぱいで何も言えない。

感無量になっている菊蔵に細野が訊ねた。「お弁当？」

「ええ。シェフの受け売りです。毎日査子ちゃんにお弁当を作っている姿を見て、私も真似してみたくなったんです」

「わかる」と梅雨美も強くうなずく。「お弁当ってさ、なんかいいよねぇ」

「誰かを思って作るとなんだって美味しくなるんです」

「私も母が作るお弁当が一番好きでした」

懐かしそうに山田が言い、「あ、それ僕もです」と細野が応じる。「お弁当にはたくさん思い出があるなぁ」

「たしかにお弁当は愛情がギュッと一つに詰め込まれた料理の最高峰かもしれませんね」

「わかります」と細野が菊蔵にうなずく。「ちゃんと栄養バランスとかも考えて、一品一品に愛情がこもってるっていうか」

「それ。愛情たっぷりのお弁当ってさ、一品たりとも欠かせないんだよねぇ」

盛り上がるみんなに微笑み、時生が言った。

「決まりだな」

梅雨美、菊蔵、細野、山田が同時に叫ぶ。

「メインディッシュ!!」

「シェフ！　お弁当こそが今夜のメインディッシュだよ」

梅雨美にうなずき、時生は言った。

「そう。言うなればビートルズだ」

貸金庫から引き出したケースを開け、何者かが中身を探っている。細い指が天樹勇太の免許証や警視庁の職員証をめくっている。そして、その下にあったＳＤカードをつまみ上げた。

※

「みんな、待って！」

桔梗の声に一同が振り向く。

「たった今、今夜二十時に密輸取引が行われるとの情報が入った」

「え！」

みんなに向かって桔梗が届いたばかりのショートメッセージを見せる。

『今夜二十時。密輸取引が行われる』

「密輸取引っておまえ……」と折口が驚愕の声を上げる。

「この取引は例の犯罪組織に関係あるはず」

「アネモネが？」と査子。

「そうなると昨晩の殺人事件とのつながりも――」

黒種にかぶせるように桔梗が言った。

「だからその現場を中継する」

「中継!?」と査子が驚きの声をあげた。

一瞬、皆は盛り上がりかけるも、すぐに現実に気がついた。国枝が折口に顔を向ける。

「生半可じゃそんなことできねえぞ？」

「わかってますよ。社長がまたなんて言うか……」

「でも」と黒種が食い下がる。「これだけのスクープがそろっているんです。なんとかして世に出さないと」

「だったらネットにアップしちゃいましょうよ！」

前島が提案するや、すぐに桔梗が却下した。

「それはダメよ」

「!?」

「私たちは横浜テレビの人間よ。私たちの武器はテレビ」

「！」

「ここ、地元横浜で起きている事件の真相を、テレビを通じて訴える」

桔梗さんの思いはよくわかる。わかるけど……。

「でも」と杳子が切り出した。「二十時って、その時間はミュージックフェスティバルの本番中です」

しかし桔梗は動じない。

「そう。だから、それを使うのよ」

え……？

「クニさん、あのおじいちゃんが言ってましたよね。生放送なんだからいくらでも変更きくでしょって。ミュージックフェスティバルは三時間ぶち抜きの生番組」

「おい、まさか……」

みんなに向かって、桔梗は高らかに宣言した。

「生放送の歌番組をジャックするわよ！」

期待に満ちた目で見つめるスタッフ一同に向かって、時生は宣言した。

「二〇二三年十二月二十四日。この日の葵亭にしか出せない愛がこもったスペシャルメニューを作る」

誠司はスマホを手に取ると、パスワードを解除し、アプリを開いてみせる。

「！」

誠司はふっと笑みを浮かべた。

「ミズキ。今日一日面倒をかけたな」

ミズキの真っすぐな視線を受け、誠司は言った。

「今夜の取引、成功させるぞ」


立ち上げられたパソコンのモニタに警視庁のデータベースが表示されている。パスワードが入力され、蜜谷の隠しフォルダが開かれると、そこには警視庁の天樹勇太に関するデータが現れた。

マウスを操る柚杏は、カーソルを「Delete」と書かれたボタンに合わせると、左クリックを押す。すると、画面にはデータの削除実行を確認する文章が現れた。柚杏は再び、「OK」と書かれたボタンをクリックした。

データが消え、これで天樹勇太が警視庁に所属していたという証拠はなくなった。

10

データの削除が終了し、柚杏は背後に立つ人物に言った。

「……これですべてです。蜜谷管理官」

「ああ」

うなずく蜜谷の隣には一ノ瀬がいる。蜜谷は一ノ瀬に言った。

「これでヤツは晴れてアネモネの勝呂寺誠司になった」

一ノ瀬は表情を変えず、その内心はうかがい知れない。そのとき、蜜谷の懐でスマホが鳴った。かけてきたのはカレンだ。蜜谷はチラと一ノ瀬をうかがい、電話に出る。

「どうした?」

「あなたの指示通り勝呂寺誠司を逃がしました」

「ああ」

「協力すればすべてを教えてくれる約束です。一体、勝呂寺誠司とあなたは何を――」

「捜査から外されたんだってな」と蜜谷がさえぎる。「なに考えてんだ。逃亡犯を逃がしやがって」

「ちょっと待ってください」とカレンは慌てて抗議する。「あなたが——」

「大した玉だな。ヤツは殺人犯だぞ」

「あなた……」

見事な手のひら返しにカレンは絶句する。

「私を騙したんですか？」

「なんとでも言え」

言い捨て、蜜谷は電話を切った。

「誰からだ？」と一ノ瀬が訊ねる。

「あんたんとこの部下からですよ。二度と電話かけてくるなと指導しておいてくださいよ」

蜜谷は踵を返し、部屋を出ていく。すぐに柚杏もあとに続いた。

着信音がミズキと誠司の間の緊張を解いた。スマホ画面に表示された父・紫陽《しよう》の名を見て、ミズキは誠司から離れた。

「はい」

「ミズキ、今日の取引は中止だ」

「……」

「誠司は潜入捜査官だった」

「……そんなことはとっくにわかってますよ」

ミズキの声を誠司が背中越しに聞いている。

「取引は予定通り行います」

「！……」

「いま取引を中止すれば、下の連中に示しがつかない」

「今さら何を言ってる？　お前はあれだけそばにいた誠司の正体に気づかなかった。誰がお前のことなど――」

「何度も言わせないでください。取引は行います」

「……お前、まだヤツを信じてるわけじゃないよな？　警察の人間だぞ」

「まさか。取引が終われば俺の手で」

「……」

「それまでは誰にも手出しさせない」

紫陽は鼻を鳴らした。「それで誠司を守ってるつもりか？」

「今、アネモネを仕切ってるのはこの俺です」とミズキは語気を強めた。「誰の指図も受けない。たとえ、あなたでも」

「俺に楯突く気か？」

「俺はもうあなたの言いなりにはならない」

宣言し、ミズキは電話を切った。誠司のもとへと戻り、告げる。

「親父です。取引は中止しろと」

「ほかには？」

ミズキは黙って誠司を見つめる。その目を見て、誠司は察した。

もうすべてはバレているということか……。

「そうか……」

「……変更した取引場所は南本牧《ほんもく》ダストです」

「！」

なぜ、あっさり教える……？

「ロス・クエルボに伝えてください」

「……」

葵亭の厨房では料理の盛り付けが始まっている。時生の指示に従い、フロア担当である菊蔵や梅雨美も忙しく手を動かしている。

「シェフ、あと一時間で開店だよ?」

ボウルに入った数種類のハーブを混ぜながら梅雨美が心配そうに訊ねるも、時生は新たな料理にとりかかっている。

「シェフ、一体何を作る気ですか?」

あきれる細野に時生が返す。

「それはできてからのお楽しみだ」

「お気持ちはわかりますが、今夜は満席です」

菊蔵が言い、「そうよ」と梅雨美も時生に注意する。

「開店したら私たちはお客さまの対応に追われて、厨房は手伝えないよ」

「メインディッシュはシェフひとりで回せる数に留めておかないと」と細野がトマトのファルシーを仕上げながら、続く。

「わかってるよ。だから今、急いでるんだろ」

と、ドアが開き、誰かが入ってきた。厨房の一同が一斉に振り向く。

「狩宮主任……!」

店を訪れたのはカレンだった。山田が背を伸ばし、敬礼する。

カレンは山田の格好を見て、ギョッとした。

「山田？　何してるの、あなた」

「あ……」

「とっくに任務は解かれてるはずよ」

「え？」

カレンは時生に視線を移し、言った。

「立葵さん。あなたにお話が」

「？」


横浜テレビのスタジオでは本番を一時間前に控え、『ミュージックフェスティバル』のカメラリハーサルが佳境《かきょう》に入っている。

査子がアテンドする横浜テレビのゆるキャラ「よこテレちゃん」を相手に、国枝がカメラ位置の調整をしている。そこに黒種がやって来た。

「査子ちゃん、これ僕らに振り分けられた担当表」と書類を渡す。「桔梗さんにも共有しといて」

「はい」

その様子を暗がりの中から筒井が見守っている。

耳に当てたスマホから聞こえてくる留守電メッセージをうながす声に、桔梗はあきらめ電話を切った。そこに、「桔梗さん！」と査子が報道フロアに入ってきた。

「担当表です」と一枚の紙を手渡す。

「了解」

「桔梗さんの担当は出演者のアテンドです。こちらは私たちでやっておきますから」

「ありがとう」

「蜜谷さんとの連絡は？」

「ダメ。何度かけても出てくれない」

壁の時計を見て、査子の表情が険しくなる。

「二十時まであと二時間切ってます……」

「けど、何もわからないまま闇雲に中継はできない」

「でも、どうやって黒幕を……？」

「……先に外に出る。クニさんに合流場所はあとで連絡するって伝えといて」

「あ、はい！」

「原稿はこっちで作っておくから」

「ありがとうございます」

と、デスクに原稿を置く。

「よろしくお願いします」

「はい！」

その言葉を聞き、桔梗は外へと駆け出した

折口と黒種が副調整室へと入っていく。筒井がそれをじっと見つめる。

『ミュージックフェスティバル』のプロデューサーに折口は声をかけた。

「地元の合唱団？」

「悪いねえ。スポンサーの強い意向なんだよ」と手を合わせる。

「そんなこと急に言われても――」

折口は構成台本を開き、有無を言わせぬ口調で告げる。

「ここら辺に適当に中継コーナーを入れておいてよ」

プロデューサーは怪訝そうな顔をするも局長には逆らえない。

「わかりましたよ」

プロデューサーの了解を得たとの報告を受け、前島は司会者の楽屋を訪ねた。

「変更？」

「はい。直前に本当にすみません。こちらが新しい構成台本になっています」と中継コーナーを差し込んだ台本を渡す。

「ああ、変更した場所は南本牧ダスト。予定通りそこで」

ロス・クエルボの交渉役との電話を切ると、誠司はミズキへと顔を向ける。

「行くか」

「……一つだけ」とミズキがおもむろに口を開いた。「一つだけ……聞かせてください」

「……」

「誠司さん……もう俺を、裏切りませんよね？」

ミズキの目を強く見つめ、誠司はうなずく。

「ああ」

「それで十分です」

「……」

「問題は親父だ。間違いなく取引を中止させようとしてくるはずです」

「……」

※

桔梗が報道フロアを出ようとすると、筒井がやって来た。

「倉内さん、ちょっと来てください」

「社長、本番前です。オンエア後でもいいですか？」

そう言いながら急ぎ足で立ち去ろうとする桔梗に筒井が言った。

「立葵査子さんの件です」

思わず桔梗の足が止まる。

「彼女に取材を続けさせたのは、あなたの指示ですか？」

「はい。彼女を危険な目に遭わせたことは私の責任です。大変申し訳ございませんでした」と桔梗は筒井に頭を下げる。

「……記者が取材をするなとは言いません。ですが、あなたがやっていることはただの自己満足ではないのですか？」

頭を上げた桔梗に向かって、筒井は続ける。

「その自己満足にほかの社員たちが巻き込まれています。今、横浜テレビの全社員が一丸となり、これから始まる歌番組を成功させようとしています。そんななか、あなたは和を乱し、独りよがりな自己満足を優先させている」

「……たしかに、社長がおっしゃる通りなのかもしれません。ですが、真実を伝えたい、届けたいという報道マンの強い思いがあるからこそ、世界中のさまざまなニュースを私たちは目にすることができるのだと思います。そして、それを広く一般家庭に報じることができるのが、私たちの武器であるテレビだと私は信じています」

「……」

そこに、「社長！」と折口が顔を出した。「社長はぜひスタジオに」と筒井に歩み寄る。

「出演者のみなさんも紹介させてください」

桔梗に目配せし、折口は筒井を連れて報道フロアを出ていく。

時生に向かってカレンは言った。

「勝呂寺誠司は撃たれてはいませんでした。なぜ、あなたは彼が突然発砲されたと嘘をついたんですか？」

「！……え、あ、いや……私は嘘なんて何も……」

しどろもどろになる時生を見て、慌てて梅雨美が割って入る。

「お取り込み中すみません。十九時からお店が始まりますので……」

「山田」とカレンが目だけで命じる。すぐに山田が「いま事情聴取中ですので」と梅雨美を追いやろうとする。

「山田、どっちの味方なのよ」

梅雨美ににらまれ、山田は目を泳がせる。

「では質問を変えます。あなたはバスを降りたあと、横浜テレビのキャスターと話をされていたそうですね」

ギクッとする時生をカレンはさらに追い込んでいく。

「同僚の刑事がその様子を見ていました。何を話されてたんですか？」

「え、あ、いや……私は何も……ただ古くからの知り合いだったので……久しぶりだねえ～って」

フロアの隅で見守っていた細野は頭を抱えた。

「ダメだ。嘘が下手すぎる。時間もないのに……」

「ここは私が」と菊蔵がふたりに向かって歩きだした。

「シェフ！　オープンまで時間がありません」

「山田」

「はい！」

山田が菊蔵の背を押し、「こちらへ」とふたたび隅へと追いやる。

「山田さん、どっちの味方なんですか？」

「！……」

「ったくもう。シェフ！」と歩きだそうとした細野を、山田がすかさずブロック。

梅雨美、菊蔵、細野の冷たい視線を浴び、居たたまれず山田は目を伏せる。

「本当のことを話していただくまで、私はここにいます」

「それは困りますよ！　今夜のディナーを開くために、みんなここまで寝ずに頑張ってきたんです」

「では話してください」

時計をチラと見て、時生は小さく首を横に振る。

「……申し訳ありません。それはやはり言えません」

思ったよりも頑なな時生に、カレンは覚悟を決めた。

「彼を救急車から逃がしたのは、この私です」

「！」

「そのせいで私は捜査を外されました。じき査問にかけられ、警察を追われることになるかもしれません」

「……だったらなんで今、私に聞き込みを？」

「昨晩起きた殺人事件の真犯人を見つけて、事件を解決するためです」

「！」

カレンの言葉に、皆がどよめく。

「真犯人!?」

「じゃあ天樹勇太は」

「犯人じゃないってこと？」

考え込む時生の背中をカレンの言葉が押す。

「それでもお話してもらえませんか？」

ようやく時生は重い口を開いた。

「……あなたとの約束は守る」

「？」

「そう横浜テレビの倉内桔梗さんに伝えてくれと言われました」

「約束？……ほかには？」

「それだけです……本当に」

「……」

「きっと彼女なら何か知っているはずです」

「ありがとうございます」

話を聞き終え、カレンは踵を返した。

「山田、行くよ」

しかし、山田は動かない。

「山田？」

「申し訳ありません……」

頭を下げ、山田はカレンに言った。

「あと少し、ここに残らせてください」

「なに言ってるの？」

「見届けたいんです！　このレストランの良き一日の終わりを……」

時生、細野、菊蔵、そして梅雨美がその思いに心打たれる。

「山田さん……」「山田さん……」「山田さん……」「山田……」

時生がカレンに向かって言った。

「私からもお願いします。彼は今日一日だけは私たちの一員となってくれています。あと数時間だけ、ここのスタッフとしてここにいさせていただけないでしょうか?」

「……任務は解かれていると先ほど主任が」

警察官としては的外れな山田の熱意にカレンは苦笑する。

「……好きにしなさい」

「はい!」

店を出ていくカレンを、山田は敬礼で見送った。


ドアを開け、誠司が部屋に入ると紫陽は目を見開いた。

「誠司……」

本当に記憶が戻ったのか……。

紫陽はそっと引き出しを開ける。奥に鈍く光る拳銃が見える。

「今夜の取引のことであんたと話がしたい」

「どの面下げて言ってる」

「あんたが誰に何を聞いたかは、大体見当はついてる」

「……」

「ミズキはこのまま取引に突っ込むぞ」

「……」

「いいのか？　止められるのはあんただけだ」

「記憶が戻ればこっちに転ぶだと？　笑わせるな」

紫陽はふっと笑みを漏らした。

「誠司。ミズキは騙せても俺は騙せねえぞ」と手にした拳銃を誠司に向ける。

「……」

「ひ弱なボンボンのケツを拭いてやるって言ってるんだよ」

「……俺に何をさせたい？」

「俺はただ、ミズキを守りたいだけだ」

バーで誠司の帰りを待ちながら、ミズキはカウンターに置いた拳銃を眺めている。迷《ま》い子《ご》のようだったその表情から、何かをあきらめたようにふっと力が抜ける。

ミズキはスマホを取り出し、かけた。

「……俺だ」

カレンから連絡を受けた桔梗は面会を了承した。アネモネとつながっている警察上層部の人物とは一体誰なのか？――それを探るためには警察内部に通じている誰かとコンタクトをとる必要がある。桔梗にとっても好都合だった。

待ち合わせ場所で対峙するや、すぐにカレンは切り出した。

「彼はあなたに〝約束は守る〟そう伝言を残した。その約束とはなんのことですか？」

「その質問にお答えする――」

「義務はない、ですか」

「……」

「でも、話すつもりがないならわざわざ私と会う必要もないはずです」

下手な駆け引きはやめ、桔梗は直球を投げてみることにした。

「……私たちは今日一日取材を続けるなかで、ある可能性にたどり着きました。警察上層部の人間と犯罪組織がつながっている……ということです」

「！……」

「私のもとにこれが」と桔梗はスマホに届いたメッセージを見せた。

『二十時密輸取引が行われる』

蜜谷から聞いた情報と時間が一致している。

「これは……」

「何かご存じなのですか？」

「この情報は一体誰から……」

「……」

「あ……情報源は明かせられないんでしたね」

「おそらくこれは……天樹くんから来たものだと思います」

「天樹勇太から!?」

「私たちでは警察内部の情報は調べることができません。あなたに力を貸してほしい。だから、情報源を明らかにしました」

手持ちのカードをさらし、桔梗はカレンに協力を乞う。

「知りたいんです。真実を」

「……私もです」とカレンがうなずく。

「！」

「一緒に来てください」

包丁がまな板を叩く音、盛り付けのスプーンが皿に当たるかすかな音……料理の音だけが厨房に響いている。

菊蔵が時計に目をやり、時生に顔を向けた。

「シェフ。開店十分前です！」

「よし」と時生が顔を上げる。「いったん手を止めて、みんな集まってくれ」

一同が時生を囲むように集まる。

「みんな、昨晩からここまで本当によくやってくれた」

そう言って、時生は誇らしげに皆を見回した。

「このメンバーじゃなければ今夜のディナーはとっくにあきらめていたと思う。感謝している。ありがとう」

「どうしたの？　シェフ」と梅雨美はポカンとなる。

「そんなにあらたまらないでください」

「そうですよ」と細野も菊蔵に続ける。「なんかこっちが照れちゃいますよ」

山田がうなずき、梅雨美が言った。

「本当の戦いはこれからだよ」

「わかってる。今夜は満席だ。フロアは菊蔵さんと梅雨美で回してくれ」

菊蔵と梅雨美が時生にうなずく。

「厨房は俺と細野で回す」

細野が時生にうなずく。

「あっ」と山田が手を挙げた。「私もできることがあれば力になります」

「山田!」

「もう非番ですから」

うれしそうに時生がうなずく。

「メインディッシュは俺が責任をもって完成させる。今夜のクリスマス・イブ、お客さまに心から楽しんでもらい、最高の一日を締めくくろう」

「はい!」


横浜署の会議室で蜜谷が一ノ瀬と会っている。

「勝呂寺から連絡が来た。取引場所は南本牧ダストだ」

「そうか」

「俺は警視庁にいる部隊を集める」

そう言って、蜜谷は一ノ瀬をうかがう。

「……」

「事前に知られたらこの計画は台無しだ。そっちも少数部隊で動いてもらいたい。くれぐれも内密に……」

「ああ。わかってる」

バーのドアが開き、誠司が戻ってきた。カウンターのミズキが振り向く。

「あとは向こうの出方次第だ」

「……はい」

※

午後七時。

葵亭のドアが開き、予約客が続々と店内へと入っていく。入口に並んだ時生らスタッフ一同が深く腰を折って、招き入れる。

「いらっしゃいませ」

梅雨美と菊蔵が客たちを席へと誘い、時生と細野は厨房へと戻る。

いよいよクリスマスディナーの始まりだ。

華やかなオープニングナンバーをバックにスタジオの中央に登場した司会者が特別番組の開幕を告げる。

「今年もこの季節がやってまいりました。毎年恒例、年に一度の横浜テレビが送る三時間生歌番組『クリスマスミュージックフェスティバル』の時間です！」

その模様をモニターで見ながら、スタジオの入り口にある前室《ぜんしつ》で査子が出番を待つミュージシャンたちのアテンドをしている。

そのとき、スマホにメールが着信した。

『そこはもう大丈夫だ。査子は報道フロアへ行ってくれ』

前室はひっきりなしに人が行き交い混沌としている。混雑にまぎれるように、査子はそっとその場を離れた。

捜査本部に緊急招集された捜査員たちに向かって杉山が、現時点で判明している事実を報告している。

「事件現場から逃走した勝呂寺誠司ですが、病院へ搬送中に逃走。救急隊員の話では、腹部に怪我はなかったとの報告が上がっています」

「どういうことだ？」

「撃たれたんじゃないのか？」

そこかしこから上がる殺気だった声を静めるべく、一ノ瀬が言った。

「ガサ入れの準備をしろ」

「一課長――」

驚く杉山を制し、一ノ瀬は続ける。

「先ほど蜜谷管理官のもとに情報が入ったそうだ。今夜二十時に勝呂寺誠司と笛花ミズキがメキシコの犯罪組織ロス・クエルボと密輪取引を行うと」

ふたたびざわつきはじめた捜査員たちを鼓舞するように、一ノ瀬は声を張った。

「我々は神奈川県警の威信をかけて、ふたりを現行犯逮捕する！」


「シェフ、お客さまが揃いました」

菊蔵にうなずき、時生は厨房を出た。

満席となった客席を見渡し、おもむろに口を開く。

「みなさま、いらっしゃいませ。シェフの立葵です」

客たちの視線が時生に注がれる。

「本日、十二月二十四日。クリスマス・イブの夜に当店をお選びいただき、本当にありがとうございます。事前にお電話でお伝えしたとおり、今夜葵亭は創業以来最大の危機を迎えました。そんな状況にもかかわらず、こうしてご来店いただいたお客様に、私は感謝しかありえません。今宵はスタッフ一同、心を込めておもてなしをさせていただきます」

一礼し、厨房へと戻る時生に、客たちは期待を込めた拍手を送る。


カレンの先導で桔梗が裏口から横浜署へと入る。周囲を警戒しながら、急ぎ足で資料室へと向かう。

杉山ら自分の班の捜査員と顔を合わせないかとカレンはビクビクしていたが、幸い知った顔とは遭遇することなく、ふたりは資料室へとたどり着いた。

端末の前に座り、カレンが自分のＩＤでアクセスする。

「アネモネが関連していると思われる事件をすべて洗い出します」

「お願いします」

その頃、杉山ら捜査員たちは一ノ瀬に率いられ、アネモネのビルの前にいた。

「ここがアネモネが経営するバーだ」

窓を見上げ、杉山がつぶやく。

「中に明かりがついてますね」

「令状はまだか？」

一ノ瀬に訊かれ、杉山が答える。

「まもなく取れると連絡が」

「急がせろ」

「はい」

杉山が立ち去ると同時にスマホが鳴った。

「なんだ？」

「あんた、なに考えてんだ!?」

耳もとで蜜谷の怒声が聞こえてきて、一ノ瀬は思わずスマホを遠ざける。

「取引まで泳がせろって言ったはずだ！」

「何を勘違いしている。私がお前の指示に従う義理はない」

蜜谷にそう告げ、一ノ瀬は一方的に電話を切った。

「……」

切れたスマホをしまい、蜜谷は隣に立つ柚杏に言った。

「そっちは頼んだぞ」

去っていく蜜谷の背中に柚杏が返す。

「はい」


しばらくして杉山が戻ってきた。

「一課長、令状が取れたそうです」

「よし。ガサに入るぞ」


テーブルに積み上げた捜査資料をカレンと桔梗が手分けして調べている。

ざっと見ただけで、ここ十年にアネモネが関係していると思われる事件は二十件以上あり、そのうち検察に送致されなかった事件が三件あった。そのすべての捜査に関わっている人物こそがアネモネと深いつながりのある警察内部の協力者だろう。

関連資料を片っ端から当たり、ふたりはついにその人物を見つけ出した。

「一ノ瀬猛……」

つぶやく桔梗にカレンが告げる。

「現在は、神奈川県警本部捜査一課長」

「!?」

カレンは今日一日の一ノ瀬の言動を思い返している。たしかに蜜谷管理官のことを異様に警戒していた……。

「一課長が……アネモネと……」

「狩宮さん、さらなる洗い出しはできますか?」

「残念ながら私は今、捜査から外されていて——」

そのとき、皮肉っぽくそれをあげつらったさっきの蜜谷の言葉が頭をよぎった。

捜査から外れているからこそできることがある……蜜谷さんはそのために私を暴走させたのか……。

「いや、やってみます。幸いなことに私は今、自由な身ですから」

「もしこれが真実なら、とてつもないスクープになる」

「ええ」とカレンは桔梗にうなずいた。「とてつもない事件にも」

「私は密輸取引現場へ向かいます」

資料室を出ていく桔梗にカレンが言った。

「何かわかったらすぐに連絡します」

裏口を出ると、桔梗は待機している国枝に連絡を入れた。

「クニさん、横浜警察署前に来て！」

電話を切るとスマホに新たなメッセージが着信した。

「！……」


取引現場へと向かう車内。助手席の誠司の脳裏には、クリングル号記念公園でのシーンが浮かんでいた。

あのとき、俺の前には榊原がいた。掴みかかってきた榊原を避けたとき、視界の先には榊原に拳銃を向けているミズキが見えた……。その後、強烈な痛みが頭に走り、俺は倒れたが、銃声だけは耳に聞こえてきた……。

ハンドルを握るミズキに助手席の誠司が訊ねる。

「……なぁ、どうしてなんだ？」

「何がですか？」

「なんで榊原を殺った？」

しばしの沈黙のあと、ミズキが口を開く。

「決まってるじゃないですか。誠司さんのためですよ」

「……」

「冗談ですよ」

「……なぁ、やっぱりやめるか？　取引」

「やめましょうか」

「……って、今さらだよな」

「今さらです」

気まずい空気が車内を包む。

ふと違和感を抱き、誠司は車窓を流れる景色に目を凝らした。

「おい？　どこだ、ここ」

やがて、ミズキが車を停めた。

「ミズキ……？」

ミズキはじっと前を見たまま動かない。

そこに部下を引き連れた安斎がやって来た。

ミズキがゆっくりと口を開く。

「……降りてください」

「……」


一ノ瀬にうながされ、杉山がバーのドアを開ける。銃を手にした捜査員たちがなだれ込むように店に入る。しかし、中に人の気配はなかった。

「誰もいません……！」

「……クッソ」

一ノ瀬が舌打ちしたとき、誰かが店に入ってきた。

柚杏だ。

「お前……」

「勝呂寺誠司と笛花ミズキなら、さっき出て行きましたよ」

「!?」

「取引をしに」

「何！」

目の色を変える一ノ瀬に、柚杏が艶然と微笑む。

「我々もすぐに向かいましょう」

「……」

「勝呂寺誠司を逮捕したいですよね」

※

歌い踊るアーティストを映すモニターを副調整室で黒種が見ている。そこに査子が駆け込んできた。

「黒種さん！　そっちの準備は？」

「大丈夫だ。終わってる」

スタジオ前の廊下では出番を終えたアイドルグループを前島がアテンドしている。

「お疲れさまでした」

楽屋に入った彼女たちを見送り、前島はスマホを取りだした。

「順調に巻いてます。第一部は二十時までに終わりそうですね」

「よし。じゃあお前も戻ってこい」と副調整室から折口が指示。時計を確認し、査子と黒種と視線を交わす。

葵亭のフロアは客たちの楽しげな会話に満ち、心地よい空気が流れている。

ソースがわずかに残るほかはきれいになった皿を厨房に下げながら、梅雨美がうれしそうに時生に告げる。

「シェフ、前菜とっても美味しかったって」

忙《せわ》しなく手を動かしながら、「そうか」と時生が返す。

「メインディッシュのほうはどう？」

「今はまだ盛り付けで手いっぱいだ」

そう言いながら時生は目の前の皿を細野に差し出し、盛り付けの指示を出すと、細野もテキパキとそれに応じた。


車を降りた誠司のほうにニヤニヤと笑みを浮かべながら安斎が歩み寄る。

「誠司……どうした？　そんな間抜けな顔をして」

「……」

「おい」

安斎が部下たちに指示し、誠司の両手を拘束していく。

車から降りたミズキが誠司に顔を寄せ、言った。

「誠司さん。あんまり俺を見くびらないでくださいよ」

「……」

「あんたにはめられていることぐらいわかってる」

「……」

「いま南本牧ダストに行けば、どうせ蜜谷が張っている。取引現場を押さえて、アネモネを壊滅させる気ですか」

「……」

さらに耳もとに近づき、ミズキがささやく。

「俺が榊原を殺った理由、教えてあげますよ」

「……」

「裏切り者は殺せ」

「……」

「それがアネモネの掟だからです」

「……」

ミズキは懐から拳銃を取り出した。内心の葛藤を押し隠し、銃口を誠司に向ける。

「裏切り者は許さない」

「……」

「ロス・クエルボに場所を変更させろ。取引場所は新山下B7倉庫だ」

「……」

局のワゴンを走らせながら、なぜか楽しそうに国枝が言った。

「これで俺ら、みんなクビだな」

「責任なら私がひとりで取ります」と桔梗が返す。

「うぬぼれんな。お前ひとりが取って終わる話なわけねえだろ」

その通りだ。

あらためてこれから自分がやろうとしていることの重大さを感じ、桔梗の声のトーンが落ちる。

「ごめんなさい。巻き込んじゃって」

「うぬぼれんな。お前ひとりの力で俺らを動かしたわけじゃねえだろ」

明るく言う国枝に桔梗の気持ちも軽くなる。

「やりたいの？　やりたくないの？　どっちですか？」

思わず笑みをこぼす桔梗に、国枝も笑った。

「本当に行われるんだな？　密輪取引」

「間違いない。警察にいるとき、天樹くんから場所の連絡もきた」

確かめるように桔梗はスマホ画面を開く。一行の簡単なメッセージだ。

『二十時。南本牧ダストで』

「よし」と国枝は気合いを入れた。「いっちょ撮ってやるか。でっかいスクープ映像を」

桔梗は笑顔でうなずいた。


南本牧ダストは、埋立地に新たに造成された産業廃棄物の処分場だ。まだ稼働しておらず、処分場というよりも清潔な工場に見える。

蜜谷は組対の捜査官を要所に配置し、その時を待つ。


ミズキの手で耳に当てられたスマホに向かって、誠司がスペイン語で話している。

「新山下B7倉庫に変更だ。ああ、今すぐ行く」

誠司がロス・クエルボの交渉役にどうにか取引場所の変更を呑ませると、ミズキはスマホを離し、電話を切った。

「乗ってください」

ミズキが開けたドアから、誠司は後部座席に乗り込む。安斎が続き、隣に座る。

「……」


第一部の最後のアーティストの演奏が始まり、報道フロアの副調整室に待機する黒種の緊張も高まってきた。隣に立つ査子につぶやく。

「いよいよだな……」

「はい」

モニターを見つめながら折口が言った。

「査子、スタンバイして」

「はい！」

査子が勢いよく飛び出していく。

ニューススタジオのキャスター席につくと、査子は自分でピンマイクを装着する。

前島がやって来てカメラの後ろに立つ。

時計の数字が『19：59』から『20：00』へと変わる。

サーブを終えたワインをテーブルに戻し、梅雨美はチラと厨房に目をやる。時間的にそろそろメインなのだが……。

額に汗をにじませ、時生は料理に没頭している。細野が手伝ってくれているとはいえ、実質料理人はひとりしかいない。満席の客の皿を同時刻に仕上げるとなると、通常の数倍のスピードが必要になる。

皿を下げてきた菊蔵が時生に告げる。

「シェフ、次がメインディッシュになります」

「すみません。まだあと少し時間がかかりそうだ……」

「……わかりました。では、私が時間をつなぎます」

菊蔵は作業台に置かれていた卵を手にとり、フロアへと戻っていく。

しばらくすると菊蔵の深みのあるバリトンボイスが響いてきた。

「ここに卵があります。雛が卵の中から呼吸できるように、卵の殻には極めて小さな穴が空いております」

客たちは楽しそうな顔で菊蔵の話に聞き入っている。

その様子を厨房から見ながら、細野が梅雨美に言った。

「シェフのうんちくもたまには役に立ちますね」

「それね」

皿を洗いながら山田もうなずく。

「シェフ、この間に仕上げちゃってよ」

「わかってるよ」

梅雨美に返し、時生は料理を続ける。急ぎつつも、雑にならずに心を込めて、丁寧に一皿一皿を仕上げていく。

「生まれてすぐの卵に含まれている炭酸ガスは、古くなるにつれて……」

菊蔵のうんちく話は続いている。


「それではお聴きいただきましょう。地元合唱団によるクリスマスソングメドレーです。どうぞ！」

司会者が振った瞬間、黒種が回線を切り換えた。『ミュージックフェスティバル』を映していたモニター画面にニューススタジオの查子が映る。

スタジオの脇で見守っていた筒井は合唱団が登場しないステージを怪訝そうに見ていたが、モニター画面の映像が切り替わっていることに気づき、ハッとした。

查子が緊張した面持ちで話しはじめる。

『突然ですが、ここからは番組を中断して緊急ニュースをお届けします』

「！」

筒井がものすごい形相でスタッフを振り返る。

「何をしてるんだ……!?」

しかし、現場スタッフは何がなんだかわからず、右往左往するばかり。埒《らち》があかないと筒井が叫ぶ。

「おい、局長は？　どこにいる!?」

インカムマイクが拾った筒井の怒号が副調整室に響き渡る。

胸を押さえる黒種の横で、折口は両手を組み、神に祈りを捧げている。

「……」

祈りを終え、折口は静かに副調整室を出ていった。

スマホで番組を追っていた桔梗が、「クニさん！」と声をあげる。「中継が始まった。急いで！」

「ダメだ」と前方を見据えた国枝が絶望的な声を漏らす。

「え？」

「この先工事中だ」

桔梗がスマホから窓外に視線を移すと、工事中の看板と渋滞する車の列が見える。

「クリスマスだってのに、なんでお役所はよう」とぶつくさ言いながら、国枝は列の後ろに車をつけた。

「クニさん！」

「おう、このままだと取引に間に合わねえ。お前だけでも先に行け！」

桔梗はうなずき、シートベルトを外しはじめる。

「とりあえずライブUで中継しておく！」

車を降りた桔梗は、バックドアを開けて荷室から自転車を取り出した。機材を入れたバッグを背負い、自転車にまたがる。

渋滞を抜け、脇道に入ったところでスマホが鳴った。緊急事態かもと桔梗は自転車を止めた。画面を確認し、「嘘でしょ」とつぶやく。

まずい、このままでは間に合わない……！

『昨晩起きたクリングル号記念公園発砲殺人事件を発端に、ここ横浜で立つ続けに事件が起きています。私たちは今日一日かけて、一連の事件を追い続けてきました』

スピーカーから流れる声を聞きながら、黒種がスタジオの査子を祈るように見つめている。と、スマホが鳴った。桔梗からだ。

電話に出ると、切羽詰まったような声が聞こえてきた。

「現場到着まであと少しかかる。なんでもいいから番組をつながないで！」

「つなぐって……あ、もしもし？　桔梗さん？」

しかし、すでに電話は切れている。

「え、ちょっと……なんでもいいからつなげって……」

また心臓が苦しくなってきた。黒種は胸を押さえながら事件に関する映像ファイルを漁《あさ》っていく。

※

誠司が連れていかれたのは真新しい倉庫だった。完成したばかりなのか、まだ使用されておらず、人けもない。たしかに裏の取引にはもってこいだ。

倉庫内に入ると、誠司はミズキに言った。

「拘束を解け」

「……」

「ただでさえ向こうは警戒してんだ。内部で揉めてるとこ見せたら取引が吹っ飛ぶぞ」

「……わかりました。妙な真似したら」とミズキは銃を誠司に向ける。

「しねえよ」

安斎が手下に命じ、誠司の拘束が解かれる。


「管理官。周りにも誰もいません」

報告してきた部下に、スマホ画面に目を落としながら蜜谷が返す。

「こっちの情報がバレて、取引場所を変更されたんだろ」

戸惑う捜査員たちの様子を遠目から見張っていたアネモネの構成員が、すぐにミズキに連絡を入れる。

「ミズキさん、たしかに蜜谷です。ぼう然と立ち尽くしています」

「そうか。わかった」

「これからお届けする映像は、取材を続けてきた私たち横浜テレビだけの独占スクープ映像と――」

そのときイヤホンから黒種の声が聞こえてきた。

「査子ちゃん、ごめん。中継の前にVを一つ流す。葵亭の独占取材のやつ。V振りよろしく」

急な変更に、査子は思わず「え」と声を漏らす。

「失礼しました。まずは横浜テレビだけが押さえた逃亡犯の拳銃発見現場の独占取材をどうぞ」

スタジオ風景からVTRへと映像が切り替わる。が、モニターに映っているのは葵亭ではなく、赤い服に白いコートをまとった白髪の老齢の男だった。

『白い犬を見なかったでしょうか。真っ白くて、とても人懐っこい犬です』

その顔を見て査子の大きな瞳がさらに大きく丸くなる。

え……なんで!?

報道フロアの入口付近でモニターを見つめていた折口は、「おいおい、なに映してんだよ!?」と頭を抱えた。

『名前はフランといいます。どこかで見かけた方がいらっしゃったら連絡ください。お願いします』

男はボードに書いた自身の携帯番号までカメラにさらしている。

「黒種さん！　違うの映っちゃってます！」と前島がインカムマイクに叫ぶ。

「あ〜、まずい！　査子ちゃん、ごめんごめん。いま変えるから！」

いったんスタジオに切り替え、査子がフォローする。

「大変失礼いたしました。あらためまして独占取材の映像をどうぞ」

ようやく葵亭での梅雨美のインタビュー映像が流れはじめる。

『見てしまったんです！　うちのシェフが……あろうことか見知らぬ男が厨房に侵入していたのを……！』


その頃、葵亭のフロアでは菊蔵とバトンタッチした梅雨美がうんちくトークを披露していた。

「『煉瓦亭』の初代店主はオープンから四年目で『ポークカツのひき肉バージョン』を考案したそうです。外国人にもわかりやすいような料理名をつけたい。そう考えた店主は、外国人のお客さんに聞いたそうです。What is the English name?」

梅雨美の話を聞き流しながら、客のひとりがそばに立つ菊蔵に訊ねる。

「すみません。メインディッシュはまだですか？」

「申し訳ございません。もう間もなくお出しいたしますので」

菊蔵は踵を返し、厨房へと向かう。

「シェフ！　これ以上はもう無理です」

「たしかに」と細野がフロアを見渡し、うなずく。「もう誰も聞いてないですね」

テーブルの客たちは梅雨美に目を向けることもなく、それぞれの話をしている。しかし、うんちくを語ることにいっぱいいっぱいの梅雨美は気づかない。

「――その際、英語でひき肉を意味するmince meetを店主がメンチミートと聞き間違えたため、メンチカツという呼び名がここ日本に誕生したそうです」

時生が動かしていた手を止め、ボソッと言った。

「つまんない話するからだ」

「それ、シェフが言います？」と細野がツッコむ。

「シェフ、いかがいたしましょうか？」

菊蔵に向かって、時生は微笑んだ。

「もう大丈夫です」

ということは……。

「えー、続きましてはマナーに関する小話です。ここに一本のフォークがあります」

梅雨美がフォークをかかげたとき、厨房からフロアへと時生が出てきた。

「梅雨美。もういい」

「え？」

時生は客たちに向き直り、言った。

「みなさま。これからメインディッシュをお出しします」

「！」


コスモワールドのクリスマスツリー前のベンチに真礼がポツンと座っている。赤と白がちぐはぐな、ちょっぴり間抜けなサンタクロース……そんな風情だ。

と、ポケットの中でスマホが鳴った。見知らぬ番号だが、かまわず出る。

「はい？……え？　テレビに私が？　えっ、フランを見た！」

情報を聞き終え、電話を切るやすぐに新たな着信が入った。

「もしもし。えっ、フランを目撃された？　それはどこですか？」

そこからはひっきりなしだった。

「はい、あなたもフランを？　ええ。それは間違いなくうちのフランです」

どうやら神は、気づかぬうちに数多のトラブルを引き起こしてきたこの哀れなサンタを見放してはいなかったようだ。

スマホの地図アプリに従い、桔梗が南本牧ダストへと自転車を走らせている。と、スマホが震え、画面に『ミツタニ刑事』の文字が現れた。桔梗は自転車を止め、電話に出る。

「どうなってるんですか?」

「ここには誰もいない」

「!」

「こっちの動きは筒抜けだった」

「!……じゃあ天樹くんは?」

「……笛花ミズキがヤツの本心を知ったら――」

「彼の命が危ない」


倉庫の重い扉が開き、不穏な空気を醸し出す外国人たちが入ってきた。ボスのマルコスが率いるロス・クエルボのメンバーたちだ。

ミズキと安斎が待ちかまえるなか、マルコスはふたりには見向きもせず誠司へと歩み寄っていく。

「セイジ。久しぶりだな」

「ああ」

誠司はスペイン語でマルコスとの再会を喜び合う。

カレンが電話をかけながら、捜査資料を調べている。

「そう、6年前に起きた特殊詐欺の一斉検挙なんだけど、あれってなんで証拠不十分で処理されたかわかる?」

エレベーターのドアが開き、憤然とした表情の筒井が出てきた。靴を鳴らしながら報道フロアへと向かう。入口には門番のように折口が立っていた。

「何をしているんですか?」

「社長。すみません。この先は通すことができません」

「どいてください」

「どきません! 絶対にどきません!」

「どけと言ってるだろ!」

恫喝するように声を張る筒井に負けない大声で折口は叫んだ。

「番組編成の権限は、局長であるこの私にあるんです！」

梅雨美のインタビューもそろそろ終わりを迎えようとしている。フロアでは社長と局長が揉み合っているのが見える。

査子は焦りながらマイクにささやく。

「黒種さん、中継までですか？　取引が始まっちゃいますよ」

イヤホンから泣きそうな黒種の声が聞こえてくる。

「俺に聞かれてもわかんないよ。桔梗さん、何やってんだよ……」

「お客さま。メインディッシュをお待たせして、大変申し訳ございません」

深々と頭を下げたあと、時生は梅雨美を振り向く。

「ソムリエール」

「はい！」

「メインディッシュを前にお口直しのシャンパンをみなさまに」

「はい！」

ふたたび客たちに向き直り、時生は言った。

「みなさま、本日はクリスマス・イブです。ささやかではありますが、私からのクリスマスプレゼントを受け取ってください」

客席から歓声があがる。

「そもそも料理というのは――」

「シェフ！」と梅雨美が慌ててさえぎる。

時生はにっこり笑って、言った。

「何はともあれ、味わっていただくことが大切です」

スタッフ一同も笑顔を向ける。


誠司は取引用のアプリを開き、入金用のパスワードを打ち込んでいく。それをミズキらアネモネの一同とロス・クエルボの面々がじっと見つめる。

「今、入金した」

マルコスが誠司のスマホを確認する。

「たしかに」

部下をあごでうながし、アタッシュケースを差し出させる。留め金を外し、アタッシュケースを開くと、中には大量の白い粉袋が詰め込まれている。

誠司がマルコスに言った。

「これで成立だ」

「いい取引をありがとう。メリークリスマス、セイジ」

「メリークリスマス、マルコス」

ミズキが背後から誠司に声をかける。

「誠司さん」

ゆっくりと振り向くと、目の前に銃口があった。

その向こうでミズキが悲しそうに自分を見つめている。

「……」

11

柚杏は一ノ瀬を連れ、南本牧ダストへとやって来た。周囲にまるで人の気配がないことに気づき、ふたりは怪訝な顔になる。

「どうした？　ここで取引が行われるんじゃないのか？」

「そう聞いたのですが……」と困惑気味に柚杏が返す。

「誰もいないじゃないか」

柚杏は探るように一ノ瀬を見つめる。

「……まさか、知っていたんですか？」

「何をだ」

「ここでは取引が行われないことをです」

「なぜ私が」

「どこに変更になったんですか？」

「だから、なぜ私がそんなことを知れるというんだ」

「それはあなたが一番ご存じなのではないですか？」

「私がアネモネとつながってるとでも言いたいのか？」

「違うんですか？」

「勘違いもはなはだしい」

一切の感情を排した監察官の目が、一ノ瀬の心を見透かそうとする。

視線の圧から逃れようと一ノ瀬はキレた。

「どうなってるんだ！　蜜谷といい警視庁の連中は。やってることが滅茶苦茶《めちゃくちゃ》だ！」

憤然と立ち去る一ノ瀬の背中を柚杏がじっと見送る。

と、ポケットの中でスマホが鳴った。


その頃、横浜署ではカレンが蜜谷からの電話を受けていた。眉根を寄せたその顔が、すぐに決意の表情へと変わっていく。

電話を切ると、すぐにカレンは動き出す。


「クニさん！　今どこですか!?」

受信ボタンに触れた瞬間、スマホから切羽詰まったような桔梗の声が鼓膜を叩く。桔梗の話を聞くうちに国枝の表情も引き締まっていく。

「わかった」

力強く桔梗に返し、国枝はアクセルを踏み込んだ。

スマホをしまって歩きだしたとき、剣呑《けんのん》な雰囲気の男たちが蜜谷の前に立ちふさがった。男たちの壁が割れ、現れたのは笛花紫陽だった。

「！……」


無理やり報道フロアに入った筒井は、モニターに映る梅雨美のインタビュー映像に忌々《いまいま》しげに目をやり、言った。

「年に一度の生歌番組を中断させてまで、なぜこれを流す必要があるんですか？」

「いえ、我々が本当に流したいのはこれではなく……」

冷や汗をかきながら、折口が必死に弁解する。

いっぽう、副調整室では黒種が「もうダメだ」と頭を抱えていた。「これ以上流すVがない……」

スタジオの査子に向かって、「ごめん」と手を合わせる。

「査子ちゃん、いったんスタジオに返すからなんとかつないで！」

イヤホンから聞こえてきた黒種のムチャブリに査子はあ然となる。

「えっ、何を話せば――」

しかし、無情にも前島の声が査子をさえぎる。

「査子ちゃん！　スタジオに返すよ！　十秒前！」

「！」

モニターが切り替わり、キャスター席に座る自分の姿が映し出された。

もう、私がやるしかないじゃない！

意を決し、査子は語りはじめる。

「……昨夜二十三時三十分頃、クリングル号記念公園で発砲殺人事件が起きました。その後、二時三十八分、逃亡犯を乗せたとみられる車が検問を突破。そして、六時十八分、ある洋食屋から拳銃が発見されました」

話しながら査子の脳裏には昨夜からの一連の出来事がよみがえっている。

苦労して作ったクリスマス特集が桔梗さんの独断で飛ばされることになったときは、はっきり言って意味がわからなかった。

こんなローカル局のニュース報道に一体なんの価値があるのかと。

しかし、事件を追う桔梗の必死な姿を間近で見守るうちに、自分の心に大きな変化が現れた。

素直にカッコいいなと思った。

私もあんなふうに一心不乱に仕事に打ち込んでみたい。

そして、スクープを取ってみたい――と。

「午前十時すぎには、刑事がひき逃げに遭いました」

だから、桔梗さんを裏切るような形で放送内容がクリスマス特集に差し替えられたときには喜びなどみじんもなく、ただただ悔しかった。

あのときに、自分の中で覚悟ができたのだ。

私も報道マンのひとりとして、この事件を追ってみたいと。


モニターの査子をにらみつけながら筒井は言った。

「あなた方は自分たちが何をやっているかわかっているんですか?」

きつく口を結んだまま答えようとしない折口に向かって、筒井が吐き捨てる。

「こんなのは報道の正義でもなんでもない。ただの放送事故だ!」

「!……」

「どいてください」

折口を押しのけ、筒井は副調整室へと入っていく。

「我々が取材を続けるなか、午後二時三十分頃、横浜テレビの報道記者が事件関係者に拉致監禁されるという事件が起きました」

あのときのことを思い出すだけで声が震えそうになる。しかし同時に、報道マンとしての一歩を踏み出せたのもあの瞬間だった。

「私たち横浜テレビ、一丸となってこの一連の事件を追うこととなりました。その後も午後三時四十五分頃、逃亡犯はバスジャック事件を起こします」

査子は視聴者に事件を整理させるべく、少し間を置いてから言った。

「今日一日でこれだけ多くの事件がここ横浜で起きています。私たちはこの一連の事件にかかわる、ある人物に着目しました」

副調整室に入ってくる筒井の姿が見えたが、査子は構わず話し続ける。

「いま現在逃亡犯と呼ばれる人物です。彼が一連の事件の犯人なのか、それとも別の真実があるのか」

※

時生が用意したメインディッシュを見て、菊蔵、梅雨美、細野は同時に声を漏らした。

「え？」

山田もポカンとした顔で、その料理を見つめる。

「何やってんだ？　お客さまが待ってるだろ。早くメインディッシュを出してくれ」

「え、でも……」と梅雨美は戸惑う。

「シェフ、お言葉ですが――」

「いいから早く」と菊蔵はそのお言葉を発する前にさえぎられる。

仕方なく梅雨美と菊蔵は皿を手にフロアへと向かった。

「お待たせいたしました」

菊蔵がテーブルに置いた料理を見て、思わず客が訊ねる。

「なんですか？　これ？」

同様のことは梅雨美のテーブルでも起こっていた。訊かれたからには答えないわけにはいかない。梅雨美は言った。

「本日のメインディッシュです」

「これが……？」と客は言葉を失っている。

菊蔵はシェフの真意が見えず、不安を残したまま、本当にこれがメインなのかと念を押され、「はい」とうなずき、続ける。

「ゆで卵でございます」

皿に盛りつけられているのはツヤツヤと美味しそうな見た目……だが、紛れもなくゆで卵だった。

「そんなことは見ればわかりますよ……ゆで卵って」

梅雨美の客も同じような感想を抱いたようだ。

「これが本当にメインディッシュなんですか？」と不服そうな顔で訊ねる。

「はい……」

梅雨美は救いを求めるように厨房を見るが、時生は客の反応などまるで気にせず、黙々と次の料理にとりかかっている。

突然誠司に銃を向けたミズキを見て、マルコスが驚く。

「ミズキ、何してるんだ!?」

銃を構えたままミズキが返す。

「この男は潜入捜査官だ」

ロス・クエルボの面々が途端に殺気立つ。

「どういうことだ!?」

「こいつは俺たちをあざむき、捕まえようとしていた」

「!」

ミズキはふたたび誠司を見つめる。

「誠司さん」

「……」

「あんたはここで終わりだ」

「……」

そのとき、倉庫の扉が開き、誰かが入ってきた。

「誰だ!?」

警戒するマルコスにミズキが言った。

「安心しろ。こっち側の人間だ」

やって来たのは、一ノ瀬だ。

「取引は？」とミズキに訊ねる。

「無事終わりました」

「そうか」

暴走しがちな部下のカレンの手綱を制御しながら、蜜谷との腹の探り合い。昨晩から気の休まるときがなかった一ノ瀬は、ようやく安堵の息をつく。


「どけ」

紫陽を払いのけて行こうとした蜜谷を手下たちが取り囲む。

「俺たちをうまく出し抜いた気か？」

ニヤッと笑う紫陽を見て、蜜谷がつぶやく。

「……笛花ミズキか？」

紫陽は笑みを浮かべたままうなずいた。

取引を終えれば誠司を切るから協力してほしいと息子のほうから頼んできたのだ。自分は騙されたふりを続け、警察の裏をかく……と。

「蜜谷。お前の負けだ」

「……」

蜜谷は父親が足止めしてくれているとミズキから聞き、一ノ瀬は言った。

「だが、そう長くは引き留められないだろう。取引が終わったなら、早いとこここを離れろ」

「わかってますよ。誠司さんを殺ったら、すぐに」

一ノ瀬は銃を突きつけられてもまるで表情を変えない誠司を一瞥し、言った。

「好きにしろ。俺は関係ないぞ」


副調整室に入るや筒井は調整卓のマイクをつかみ、黒種に指示する。

「今すぐ歌番組のスタジオに戻してください」

その声は査子にも聞こえているが、査子は話すのをやめない。

「……いま、私たちはその真実を摑むための、最大の山場を迎えようとしています」

「早く戻すんだ！」

直接言われるよりもマイクを通すとさらに圧が強い。黒種の心臓はもう破裂しそうだ。

助けを求めるように折口をうかがう。

悔しそうに折口は言った。

「倉内は間に合わなかった……失敗だ」

ガラスの向こうのスタジオでは、査子が懸命に話し続けている。

「そして間もなく今日一日取材を続けてきた横浜テレビだけの独占スクープ映像をお届けできると思います」

そのとき、折口のスマホが鳴った。


「次はこれを」

厨房に戻った菊蔵と梅雨美に、時生が出したのはスパゲティ・ナポリタンだった。

「!?」

困惑しながらもふたりはその皿を手にフロアへと向かう。

「お待たせしました。二品目のメインディッシュです」

菊蔵が運んできた皿を見て、明らかに客の機嫌が悪くなる。

「ナポリタン？　ふざけてるんですか？」

「いえ、決してそんなことは……」

「私たちは本当はクリスマスディナーのビーフシチューを楽しみにここを予約したんだ！」

ついに恐れていたことが起きてしまった。

「大変申し訳ございません」

菊蔵は深く腰を折り、言った。

「本日ビーフシチューはお出しできません」

すぐに梅雨美も歩み寄り、頭を下げる。

「申し訳ございません」

しかし客の怒りは収まらない。

「つべこべ言わず、早くビーフシチューを出してくれ！」

フロアの騒動を見て、細野が時生を振り返る。

「シェフ！」

しかし、時生はただひたすらに料理に集中している。

銃口越しにミズキを見つめ、誠司が口を開いた。

「俺は……蜜谷に情報を流し続けてきた。一日たりとも自分の任務を忘れた日はない」

「……」

「この五年間、ずっとお前を騙し続けてきた」

「黙れ……」

「けど、すべてが嘘だったわけじゃない」

誠司の顔に向けられた銃口がかすかに揺れる。

「黙れよ……」

「孤独の中で押しつぶされなかったのは、お前がいたからだ」

「黙れって……」

「ミズキ……お前に撃たれて終わるなら本望だ」

「黙ってくれよ!!」

心の揺れを押さえつけるようにミズキは叫び、引き金に指をかける。

誠司は真っすぐミズキを見つめる。

揺れていた銃口がピタッと止まる。

誠司さん……。

そのとき、大きな音をたて、倉庫の扉が開かれた。さらにまばゆいばかりの光がミズキたちの目をくらませる。

「!?」

倉庫に駆け込んできたのは桔梗だ。後ろからライト付きのカメラを構えた国枝が続く。

皆があ然とするなか、桔梗はカメラに顔を向け、口を開いた。

「横浜テレビの倉内桔梗です。私は今、ここ新山下B7倉庫で行われている麻薬密輸取引の現場にいます！」


騒然とした店内を意に介さずに時生は黙々と料理を進めている。

「さあ、次の料理だ」

時生が差し出したのは、エビフライとグリーンサラダだった。

「これは……」

梅雨美も菊蔵、細野や山田までもが、時生が何を意図しているのか、ピンと来始めていた。

菊蔵も梅雨美も、先程までの動揺とは打って変わって、笑顔で客にエビフライが載った皿をサーブする。

「次は、当店自慢のウチワエビの特製アメリケーヌソースがかけられたエビフライでございます」

菊蔵がそう言うと、梅雨美も自慢げな顔でサーブする。

「エビフライに添えられているのは葵亭・奇跡のドレッシングのグリーンサラダです」

ホールの面々が自信を持ち始めると同時に、次第に客の間にも笑顔が広がっていく。

その様子を見て、時生も手応えを感じ始めた。

と、そのとき。突然葵亭のドアが開き、誰かが店に入ってきた。

真っ赤なパーカーの上に白いコートを羽織った白髪の男だ。

「!?」

突然の闖入者《ちんにゅうしゃ》に、時生が目を丸くする。

「ニュースで葵亭が大変だって聞いてな」

闖入者がそういうと、時生は小さく会釈をする。

その様子を見て、梅雨美や菊蔵らが声をそろえて叫んだ。

「先代!?」

先代と呼ばれた男、真っ赤なパーカーの上に白いコートを羽織った白髪の男、真礼はニッコリと微笑んだ。

※

桔梗はミズキたちを牽制するように叫ぶ。

「この放送は現在、横浜テレビをご覧いただいているすべての家庭に生中継されています！」

「なんだテメェら」と安斎が凄むも桔梗は引かない。視界には銃を向けられている誠司の姿も入っている。この最悪の状況を自分がどうにかするしかないのだ。

ペンは剣よりも強し。そして、カメラは銃よりも……。

「このカメラの先には何万人もの人たちがいます！　今、あなたたちは何万人もの人に監視されているんです！」

「！」

安斎は慌てて、「ミズキさん！」と怒鳴った。

銃を持つミズキの右手が力なく下がっていく。

桔梗はカメラへと向き直った。

「ご覧ください。現場からお届けしているのは麻薬密輸取引現場のスクープ映像です！」

突然の事態に動けないロス・クエルボのメンバーに、国枝がカメラを向ける。

「ここで今、横浜を拠点に活動している国際犯罪組織アネモネとメキシコの犯罪組織ロス・クエルボが麻薬密輸取引を行っております」

名前を出されて我に返った安斎が、慌てて部下たちとともに桔梗に襲いかかる。すぐに誠司も反応するが、開け放たれた扉の向こうから聞こえてきたサイレンが、すべての人たちの動きを止めた。

「！」

カレンを先頭に杉山ら捜査員たちがなだれ込んできた。

銃を構えたカレンが叫ぶ。

「全員その場から動かないで！」

倉庫が静まり返るなか、一ノ瀬がぼう然とつぶやく。

「狩宮……」

桔梗をガードしながら誠司がボソッと言った。

「遅いぞ。あと一歩で死ぬとこだった」

捜査員たちを割って、柚杏が一ノ瀬の前に立つ。

「またお会いしましたね、一ノ瀬一課長」

「……」

副調整室のモニターに映る桔梗の姿に筒井の目は釘付けになっている。隣では黒種が「間に合った……」と脱力。折口は興奮で目を血走らせている。

「抜いた……抜いたぞ……！　大スクープだ……！」

折口の雄叫びをイヤホンで聞きながら、査子は目を潤ませる。

「やった……やりました！」

カメラの後ろで前島が何度もうなずく。

「やった……やった！」


「これで最後だ」

時生が出した皿を、梅雨美、菊蔵、細野が自信満々に客の前に出していく。しかし、皿に載せられているのはおにぎり。客たちは怒りを通り越し、困惑する。

「何だこれは……」

困惑した客の問いかけに、時生は悠然と答える。

「おにぎりは、素手でも箸でも、フォークとナイフでも、人それぞれが気ままに食べられる自由な料理です」

これまで出された料理、そして最後がこれ……時生の意図は明白だった。

「なるほど」と真礼が唸る。

「お弁当だな」

その言葉に客たちはきょとんとなる。

菊蔵たちとすれ違うように真礼は厨房へと入っていく。

「時生、ビーフシチューはどうした？」

「それが……」


「そうか。ご苦労だったな」

蜜谷は電話を切ると、紫陽に言った。

「そこを開けてもらおうか」

この期に及んで……。

顔をこわばらせる紫陽に蜜谷がスマホをかかげる。

「勝呂寺からだ。たったいま、取引現場を押さえたそうだ」

どういうことだ……!?

「終わったんだよ。アネモネもあんたも。俺一人をマークしたあんたたちの負けだ」

「！……」

「俺たちをナメんなよ。せいぜい首洗って待っとくんだな」

蜜谷は愕然とする紫陽の横を通り、悠々とその場を立ち去っていく。

カレンたちがアネモネとロス・クエルボの面々を逮捕していく。桔梗によってその様子がリポートされている。

「ミュージックフェスティバルを楽しみにされていた視聴者の皆様。突然の内容変更で本当に申し訳ありません。ただ、真実を伝えたい、届けたいという強い信念が、世界中の様々な事件や出来事について報道できるのだと私たちは思っております」

国枝のカメラによって映されるその光景をモニターで見ながら、査子の胸は熱くなっていく。

「スクープだ……」

桔梗さん、本当だ……。

どんなに低く見積もっても……最高です。

フロアに麻薬密輸取引に関するファストアラートが鳴り響くなか、筒井はモニターの中でリポートを続ける桔梗を見つめている。

『いまお届けしているのは、その真実の一つです』

音楽班のスタッフが「社長……」と近づき、おずおずと訊ねる。「スクープはとりました。生歌番組に戻りますか……？」

「何を言っているんですか」と筒井は冷たい視線を向けた。

「この報道を途中でやめたら大変なことになりますよ」

信じられないという顔で折口が筒井を見る。

「社長……？」

「続けてください。ミュージックフェスティバルの出演者には、私から説明を」

そう言って、筒井は報道フロアから去っていく。

「ありがとうございます……！」

筒井の背中に一礼し、折口はスタッフ一同を振り向いた。

「おい、黒種くん、とことん放送するぞ！」

「はい！」

「前島、原稿をまとめろ」

「はい！」

「杏子……続けるぞ」

「はい！」

いまだ混乱が収まらない現場で、桔梗のリポートは続いていた。

「捜査関係者のひき逃げ事件、報道記者の拉致監禁事件、そしてバスジャック事件。一連の事件はすべて国際犯罪組織アネモネが関与しているとみられ、この麻薬密輸取引現場で幕を閉じようとしています」

逮捕されてもまだ暴れている安斎たちをカレンが必死に御《ぎょ》している。

「警察車両へ早く」

そこに蜜谷が入ってきた。

「おう」と遅れたことを詫びるように片手を挙げる。

「蜜谷管理官……」

「最後にお前がいて助かった。礼を言う」

「いえ」

「これで、この街に大量の麻薬が出回ることは防げた」

「はい」

「笛花ミズキはお前が逮捕しろ」

「!?」

「榊原を殺ったのは笛花ミズキだ。誠司……天樹勇太を守るために人を撃てるのはヤツしかいない」

「……」

「約束したろ。俺に協力すりゃ真犯人を差し出すと」

「はい」

うなずき、カレンはミズキのほうへと目をやった。


騒然とした倉庫の隅で一ノ瀬と対峙し、柚杏が訊ねる。

「どうしてあなたがここに?」

「いや、俺は……」

「警察内部でこの場所を知っているのは、私と蜜谷管理官と狩宮警部補、そして天樹勇太巡査部長だけです。そこにあなたの名前はありません」

「!」

「監察官室でゆっくり話を聞きます」

そう言い放つと、柚杏は踵を返し歩いていった。

ミズキは誠司の前でぼう然と立ち尽くしている。

「ミズキ。なぜ俺を撃たなかった？」

「……俺には無理でした」

「……」

「撃てるわけありませんよ」

あの瞬間まで、本気で引き金を引くつもりだった。

でも、指が動かなかった。

自分の心を探り、ミズキは言った。

「すべてが嘘だとは……思えなかった」

「……」

「誠司さん……俺だってあなたに救われたことが何度もあった」

短い沈黙を挟んで、誠司は言った。

「お前は命の恩人だな」

「そのこと、忘れませんか？」

「忘れるわけないだろ」

「また記憶を失っても？」

ふっと微笑み、誠司はうなずく。

「ああ」

話が終わったと見て、カレンがミズキに歩み寄る。

「笛花ミズキ。覚醒剤取締法違反と殺人容疑の罪で逮捕します」

手錠をかけ、カレンは杉山を呼んだ。

杉山がミズキを連行しようとしたとき、誠司が言った。

「ちょっとだけいいか」

カレンたちは少しだけ距離を置き、二人に猶予を与えると、誠司は悲しげな顔でミズキの名を呼ぶ。

「ミズキ……」

「そんな顔しないでくださいよ」

「……」

「一つだけ良かったことがあります。これでもう誠司さんを疑わなくて済みます」

ミズキがそう言うと、誠司も笑顔でこう応じる。

「……俺も、これでもうお前を裏切らなくて済む」

ミズキの顔にも笑みが浮かぶ。

「もしも……もしもまた、俺がこの街に戻ってきたら……一緒にハンバーガーでも食いませんか？」

ふたりの脳裏に今日一緒にハンバーガーを食べたときの光景がよみがえる。

ほんの少し前のことなのに、すごく懐かしい気がする。

「いや、それはできない」

寂しげに目を細めるミズキに誠司は言った。

「勝呂寺誠司はもういない」

ミズキは少しだけ微笑み、「幸せになってくださいよ。天樹勇太として」と言うと、誠司に背を向けた。

杉山に連れられミズキが倉庫を出ていく。

「……」

※

満席のテーブルには時生が心を込めて作ったメインディッシュが並んでいる。時生はゆっくりとフロアの中央に出ると、語りはじめる。

「お客さま。どうぞ召し上がってください。少しお話をさせていただきます。今夜は八十年以上の歴史を誇るクリスマスディナーをお出しできず大変申し訳ございませんでした」

「……」

「実は昨夜、先代から脈々と受け継がれ、長らくお客さまに愛され続けてきた葵亭自慢のデミグラスソースを、私の不注意により倒してしまいました。先代、申し訳ありません」

真礼は優しげな瞳で時生の言葉を黙って聞いている。

「正直、そのときは今夜の営業はあきらめようと思っていました。お客さまが求めていらっしゃるのは、そのデミグラスソースで作るビーフシチューだということを重々承知していたからです」

時生は満席のフロアを見渡し、続ける。

「でも、私は店を開く決断をしました。葵亭に関わる人にとって、今日が良き日になって欲しかったからです」

「……」

「今夜は新しい葵亭の始まりの時です。誠にわがままなお願いではございますが、その船出をここにお越しいただいたお客様と共に迎えられたら幸いです」

もう客たちも不満を漏らす者は一人もいない。ただ黙って、時生の言葉に全員が耳を傾けている。

「今夜のメインディッシュは〝お弁当〟です。実は、お弁当は二十年以上にわたり、私が一番長く作ってきた料理です」

時生の言葉に真礼が微笑む。

「皆様の前のお皿には、私たち葵亭の従業員一同の愛情が込められています。そして、これらを一つにまとめるとお弁当になるようにと考えてみました。そもそもお弁当の歴史とは古く、日本書紀に既に——」

「時生！」

余計なうんちくを語りだす前に、真礼が口を挟んだ。

「そろそろみなさんに召し上がっていただいたほうがいいんじゃないか？」

「そうだよね」と梅雨美が言い、「私もそう思います」と菊蔵がうなずく。細野も「同感」と真礼に賛成する。

「そうだな」と時生も苦笑し、とっておきのうんちくの披露をあきらめた。「ささやかではございますが、今日の料理も私からのクリスマスプレゼントとさせてください」

客たちから拍手が沸き起こる。

「もしも、お腹がいっぱいになったらお声がけください。そのときはお弁当としてお持ち帰りいただけるように準備してあります」

テイクアウト用の弁当箱を見せ、時生は恭《うやうや》しく一礼した。

「どうぞ、お召し上がりください」

「いただきます」

客たちが目を輝かせて、好きな料理に舌鼓を打つ。

レストランのもっとも幸福な光景に微笑み、真礼は静かに店を出ていこうとした……が、見慣れぬ男、山田の姿を見て足を止めた。

「……君は……」

「この店の一日を見守る者です」

「なるほど……。じゃあ、この犬を見かけてないよね？」

「はい！」

「現場からは以上です。また新しい情報が入り次第、お伝えいたします」

「ありがとうございます。現場から倉内桔梗記者がお伝えしました」

スタジオの沓子への受け渡しを終えた途端、体中が一気に熱くなってきた。どうやら気づかぬうちにかなり緊張していたようだ。

「ふぅ」と大きく息を吐き、桔梗は誠司のもとへと向かう。

忙しなく行き交う捜査員たちの後ろに隠れるように、誠司は倉庫の隅に佇《たたず》んでいた。

「天樹くん」

誠司が桔梗へと顔を向ける。

「約束を守ってくれて、ありがとう」

「礼を言うのは俺のほうだ。あんたには今日一日助けられた」

「いえ」と桔梗は誠司に微笑む。「あなたを信じてよかった」

「……」

「最後にいい?」

「え?」


大満足のディナーを終え、笑顔で店を出ていく客たちを時生らスタッフが見送っている。最後の客が戸口で振り返り、時生に言った。

「とてもいいクリスマスでした。また来年も楽しみにしています」

「はい」と時生がにこやかにうなずく。「ありがとうございます」

客の姿が夜の闇に消えると、菊蔵がつぶやく。

「終わりましたね……」

「うん」と梅雨美がうなずく。「終わったね……」

とんでもない一日で心も身体も疲れ果てているけど、それがなぜか心地よかった。

「片付けますか」と細野も充実した笑顔で厨房に向かったが、突然「シェフ！　大変です！」と大きな声を出して皆を厨房に呼び、厨房のテレビを観るように言った。


テレビの中の桔梗は、こう切り出した。

『こちら麻薬密輸取引の現場です。いま私の前には、今日一日逃亡犯として追われていた天樹勇太さんがいます』

カメラが振られ、誠司の姿が映し出される。

「おい」

困ったように誠司はカメラ横の桔梗に救いを求めるも、桔梗は無視して話を続ける。

「事件の全貌はこれから明らかになると思いますが、彼こそが一連の事件を解決に導いた立役者です」

誠司はカメラに手をかざし、「もういいって」と立ち去っていく。その姿を国枝のカメラがなおも追う。遠ざかっていく背中に重ねるように桔梗が言った。

「彼はもう逃亡犯ではありません」


小さくなっていく誠司の背中を梅雨美がじっと見つめている。あふれ出す感情をこらえるように歯を食いしばる。

「梅雨美さん！」

菊蔵、細野、山田がうれしそうに声をかけ、時生が明るく言った。

「ほら、な！　彼はやっぱり犯人じゃなかった！」

顔をゆがめながら、梅雨美は何度も何度もうなずく。

皆が笑顔になるなか、「あっ」と菊蔵が何かに気づいた。

「しかし、これで彼はもう……」

「いいって。犯人じゃなかっただけで……それでもう十分だよ」

そう言って、梅雨美は晴れやかな表情を仲間たちに向けた。

「さ、片づけて帰ろう」

「倉内記者。ありがとうございました。私たちはこれからも地元ローカル局として、ご覧いただいているみなさまに何か一つでもプレゼントができる、そんな番組作りをしていきたいと思っています」

原稿にはない素晴らしい言葉で緊急報道特番を締めた査子を、カメラ横では前島が、副調整室では黒種が頼もしそうに見つめている。

その頃、報道フロアには電話のコール音が鳴り響いていた。

「はい、ありがとうございます。もちろんです」

ひとり対応に追われている折口はなぜか笑顔だ。それを筒井が見やる。

「?」

現場では、桔梗と国枝が健闘を称え合っている。

「クニさん、お疲れさま」

「ああ。大スクープだったな」

桔梗がこれ以上ない満面の笑みで応える。


走り去っていく警察車両を見送りながら、カレンが誠司に告げる。

「今、笛花ミズキは横浜警察署へ移送しました。このあと、あなたからもゆっくり事情を聞くことになりますので」

誠司は黙ってうなずいた。

「狩宮さん！　ちょっといいですか？」

杉山に呼ばれ、カレンが歩きだす。ふと足を止め、誠司を振り向いた。

「あの、今日、あなたにずっと言えていなかった」

「？」

「ありがとうございました」

いきなり頭を下げられ、誠司は戸惑う。

「あのとき、助けてくれて」

クレーンから鉄の塊が落ちてきたときか……。

「……そうか」

今朝のことなのに、はるか昔のことのように感じる。

誠司はポケットから黒いＧＰＳカードを取り出し、カレンに返す。カレンが深くうなづいて去っていった。

カレンが去ると入れ違うように今度は蜜谷が現れた。

目の前に立つと、感慨深げに名前をつぶやく。

「勝呂寺誠司」

「……」

天樹勇太の免許証やＳＤカードが入ったクリアケースを差し出し、言った。

「お前の警察官としてのデータが入ってる」

「……」

「五年間。本当にご苦労だった……」

「……」

「本日をもって、潜入捜査官としての任務を解く。これでお前は晴れて天樹勇太巡査部長だ」

しかし、誠司は受け取ろうとはしなかった。

「俺はもう警察には戻らない」

意外な言葉に戸惑いながら、蜜谷は訊ねる。

「……父親の意志を継ぐんじゃなかったのか？」

「俺はそんな大それた人間じゃない」

「……」

と、誠司は何かを思い出したように蜜谷に聞いた。

「いま、何時だ？」

「二十二時だ」

「……大事なことを思い出した」

誠司はカレンのほうへと目をやり、蜜谷にあとを託した。

「彼女に言っておいてくれ。事情聴取はあとでしっかり受けるって」

「わかった。俺がなんとかやっておく。行け。逃げるのは得意だろ」

茶化してそういう密谷に、誠司も思わず毒づく。

「ふざけんな……」

そう言うと、誠司は身を翻して横浜の街に消えていった。

五年越しの恋人との約束を果たすために――。

※

フロアの後片づけをしながら、梅雨美たちが時生と桔梗のなれそめを聞いている。

「猫が飛び出してきた!?」

「ああ」と時生が梅雨美にうなずく。「それで俺の自転車と彼女の運転する車があやうくぶつかりそうになったんだ」

「へぇ。それが出会いだったんですか」と細野。

「五年前だったかな。そのとき、彼女に言ったんだ。ここ横浜は車より自転車の移動が便利ですよ。目的地に早く着けるし、何より季節ごとに移り変わっていく横浜の街を楽しめますってな」

「カッコつけちゃって」

梅雨美にツッコまれ、時生は苦笑する。

「それでな、後日一緒に自転車を買いにいくのに付き合うことになってな」

「それで交際を?」

菊蔵に訊かれ、時生は照れる。

「いや、そこまでは」

「やはり……」

山田の振りに梅雨美たちが声をそろえる。

「ピュアラブ」

「なんだよ、それ」

時生が笑ったとき、カウンターの上の電話が鳴った。すぐに時生が受話器を取る。

「はい、葵亭です。おう、査子。すごいな、テレビ見たぞ。え? おう、わかった」

査子からだとわかり、電話を切った時生に細野が食い気味に訊ねる。

「シェフ、どうしたんですか？」

「査子から予約が入った。いまから来るって」

細野の顔がパッと輝く。


桔梗と国枝が局に戻ると、報道フロアに電話の音が鳴り響いていた。黒種や前島はその対応にてんてこ舞いしている。

ふたりに気づいた査子が真っ先に声をあげた。

「桔梗さん！」

折口、黒種、前島が同時に振り返る。

達成感にあふれた報道部の面々の顔を見て、桔梗のなかで言いようのない感情が込み上げてきた。

「みんな……」

「倉内、クニさん、よくやってくれた。本当によくやった」

感無量で言葉を失っている桔梗を折口が手を叩いて称え、査子たちも続く。

「ありがとう……ありがとうございました」

桔梗は皆に向かって深々と頭を下げた。

ふたたび電話が鳴りだし、一同は対応に戻る。

国枝と桔梗も休む間もなく、編集作業に入ろうとする。

そこに筒井がやって来た。

「倉内さん、やってくれましたね」

「!?」

「放送が終わる前からこのありさまですよ」と筒井は鳴りやまない電話を目で示す。「開局以来、一番の反響です」

「……」

「困ったものです」と筒井はため息をついてみせる。「これでもう『日曜NEWS11』をやめるわけにはいかなくなりました」

「!……」

「来年からもキャスターとしてよろしくお願いします」

微笑む筒井に桔梗は笑みを返す。

「いえ。私はもう報道マンとしてはやり尽くしました」

そう言って、査子たちスタッフへと視線を向ける。

「今後は優秀な部下たちとフレッシュな立葵キャスターに道を譲ります」

驚きの表情で査子が桔梗を見返す。

晴れ晴れとした桔梗の顔を見て、筒井は言った。

「止めても無駄ですね。私が何を言ってもあなたは止まらない」

踵を返し、筒井は報道フロアを出ていく。飾られているクリスマスツリーの前でふと足を止め、皆に言った。

「メリークリスマス」

皆は笑顔で社長を見送った。

ようやく電話も鳴りやみ、もろもろの後処理を終えた一同は、大仕事を終えて一息ついていた。廊下では、黒種が誰かとスマホで話している。

「今回はいろいろありがとうございました」

ひょんなことで知り合った警視庁の女性警察官だ。連絡を入れると、なぜか有益な情報を流してくれる。

「何か大スクープだったみたいね」

「いや、八幡さんのおかげですよ。今度ぜひお礼を」

桔梗と査子も報道フロアを出る。二人並んで廊下を歩きながら、査子が言った。

「本当に大変だったんですからね、時間引き延ばすの」

「ごめんね、遅くなって」

「桔梗さん。ああいうときって、なに話したらいいんですか？」

報道キャスターの仕事に前向きになっているのを感じ、桔梗はうれしくなる。

「そうね……もう知ってるでしょ」

「えー、教えてくださいよ」

そこに後ろから折口たちが追いついてきた。

「桔梗さん！　査子ちゃん！」と前島がふたりに声をかける。「これからみんなで打ち上げしようって」

「折口の奢《おご》りだってよ」と国枝。

「へえ、珍しい」

「おい！」とツッコミを入れつつ、折口は「もつ鍋なんかはどうだ？」と提案する。

「こんだけ働かせたんだ。もっと高いもん奢れよ！」

「高級焼肉！」

電話を切った黒種もすかさず加わる。「やっぱお寿司でしょ」

「わかりましたよ。なんでも好きなものをどうぞ」

「あ、すみません！」と査子が手を挙げた。「今日はちょっと……」

思わず桔梗が振り返る。

「え？」


「これから店に来るって……」

気が気でないのかずっとフロアを行ったり来たりしている細野に、菊蔵は同情の視線を投げかけつつ言う。

「二人ですか……」

時生も梅雨美も気の毒そうな目で細野を見ている。

「やっぱ彼氏ですよね……」

ため息をつき、肩を落とす細野に時生が言った。

「おい、店の中で殴り合いの喧嘩とかやめてくれよ」

「そんなことしませんよ。シェフじゃないんだから」

そこに警察官の制服に着替えた山田が戻ってきた。

「あの……事件も解決しましたし、お店の最後も見届けることができたので、私はこの辺で先に戻らせていただきます」

「そっか……」

梅雨美の心を代弁するように菊蔵が言った。

「なんだか寂しくなりますね……」

「なりますね」と細野が重ねる。

山田はみんなを見回し、言った。

「今日一日ここにいて、私は大変感動しました。このお店は居心地がよく、とても素敵な場所ですね」

「山田さん……」

「山田さん……」

「山田さん……」

「山田……」

「また必ず来ます。今日一日ありがとうございました」

一礼し、山田は店を出ていく。

しんみりしてしまった空気のなか、クリスマスツリーが瞬《またた》いている。

そんな空気を破るようにドアが開いた。入ってきたのは査子だ。

「あ、査子さん。今日はありがとうございました」

「こちらこそ、お世話になりました」

と、山田は外にいる人物に気づいて「……あ」と言葉を漏らした。

「何してるんですか？　早く」と査子は後ろを振り向き、誰かを手招きする。

やっぱ、彼氏か……。

思わず細野は目を伏せた。

査子の後ろから申し訳なさそうに顔を覗かせたのは、桔梗だ。

時生の背筋がピンと伸びる。

「すみません……お邪魔ですよね、こんな時間に」

「いえ！　そんな邪魔だなんて……どうぞ、お入りください」

「桔梗さん」

査子にうながされ、「すみません」と桔梗が入ってくる。

「あ、そうだな。この席に」

時生がイスを引き、桔梗がテーブルにつく。

「今日はクリスマスですから。メリークリスマス」

給仕しながら、梅雨美は桔梗の一日をねぎらうかのように語りかける。

「ありがとう」

すぐに厨房に入り、時生は残っている食材を確認。まずは前菜にとりかかる。そこに査子がやって来た。

「お父さん、何してるの？」

「何って、ディナーの準備だろ」

「それはみんなに任せて。早く行きなよ」

「え？」

菊蔵たちも戻ってきた。

「シェフ、ここは私たちが」

「クリスマス・イブ、終わっちゃうよ」と査子がうながす。

「あ、じゃあ……これだけでも」

時生は前菜の皿を手に桔梗のもとへ向かった。

「世話が焼けるんだから」と見送る査子に、細野が声をかける。

「査子ちゃん、ちょっといい？」

バックヤードへと査子を招き、細野はプレゼントの袋を差し出した。

「これ」

「え？」

目を丸くする査子に、緊張しながら細野が言った。

「誕生日おめでとう。それと、メリークリスマス」

「ああ……ありがとう」と査子が受けとる。

「よかった。ギリギリ間に合って」

「開けてもいい？」

「もちろん」

袋を開けると手袋とマフラーが入っていた。

「あ、可愛い」

「ほら、外で取材とかいつも大変だなと思って……」

査子はさっそく手袋をはめ、マフラーを巻いてみる。

「……細野くん……ありがとう！」

「うん」

微笑み合うふたりを、物陰からうれしそうに梅雨美が見つめている。

※

コスモワールドの巨大クリスマスツリーの前で、サンタクロースの格好をした真礼が風船を配っている。

そろそろ日付が変わろうかというのに、ライトアップされたツリーの周りは恋人たちでにぎわっている。

その人混みを縫うように、息を切らしながら天樹勇太が駆けていく。

「どうぞ」

時生がテーブルに前菜の皿を置く。

「ありがとうございます」

カウンターの向こうから杳子たちが様子をうかがっている。

「美味しそう」と目を輝かせる桔梗に、時生が話しはじめる。

「うちではクリスマスには毎年先代から受け継いだデミグラスソースを使ったビーフシチューを出しているんです。でも、昨晩デミグラスソースの入った寸胴を倒してしまいましたから……今日は散々な一日の始まりでした」

「そうなんですか。あ、私も散々な一日の始まりでした。実は五年続けていた番組が打ち切りになってしまいまして……」

「そうでしたね……」

「あの……それから？」

「え？」

「それからどうなされたのですか？　大切なソースがなくなって」

「それからほら、拳銃が店で見つかるわ、冷蔵庫の電源は抜けて食材は傷んでるわ、犯罪組織のボスは来るわで、もうてんやわんやでしたよ」

「私もせっかく取材続けて最後の自分の番組で流そうとしたのに、それができなくなって。それからも一日中駆け回って、てんやわんやでした」

ふたりの会話に耳を澄ませていた梅雨美が身もだえる。

「あ～、じれったい。飲もう」

杏子も強く梅雨美にうなずく。

「それにほら、バスジャックの現場にも居合わせたりなんかして」

「驚きました」と桔梗が相づちを打つ。「リポートしてたら時生さんが出てきて。まさかケチャップだったなんて」

「そう！　ケチャップだったんですよ」

笑い合ったあと、ふたりは同時に口を開いた。

「あの――」

「あ、すみません。どうぞ」

「いえ、時生さんからどうぞ」

ふたりの間に沈黙が生まれる。

来るぞ来るぞと梅雨美や査子は身を乗り出す。

時生は口をもごもごさせ、言った。

「自転車。大丈夫ですか？」

「え？」

カウンターの向こうでは梅雨美たちが拍子抜けしている。

「あ、いや、何か最近自転車の調子が悪くて……ブレーキがちょっと変っていうか」

「あっ、自転車ですね」

「桔梗さんの自転車の調子はどうですか？」

なに、このどうでもいいトーク……？

査子はあきれ顔で父親を見つめる。

「私も……ちょっと調子が変で……」

「あ、そうですか。あ、よかったら……一緒にまた行きませんか？　自転車屋さん」

ほんの少し逡巡し、桔梗はうなずく。

「……行きましょう」

「ブレーキ、調子悪いですもんね」

「そうそう、ブレーキが……」

中学生みたいなやりとりに時生は思わず笑いだす。つられて桔梗も笑った。

「もしよろしければ、そのあとに食事でもどうでしょうか」

「はい、喜んで」と桔梗が微笑む。

ほのぼのとしたふたりの姿に梅雨美たちも笑ってしまう。

「今日は散々な一日でしたけど、すごくいい一日でした」

「はい」と桔梗が時生にうなずく。

「とても素敵な一日でした」

桔梗が食べた前菜の皿をさげ、菊蔵がフロアに戻ってきた。

「なんだか不思議ですね」

ゆっくりと店内を見回しながらつぶやく菊蔵に、細野が訊ねる。

「何がです?」

「なぜだかみんなが吸い込まれるようにこの店にやって来るようで」

「たしかに不思議だよねえ」と梅雨美がうなずき、あらためて桔梗も店内を見渡した。

温かく落ち着いた空気のなか、クリスマスツリーがキラキラと瞬いている。

ふいにドアが開く音がした。

皆の視線が入口に集まる。

ドアの前に勇太が立っていた。

「天樹くん……」

「来た……」

「来ましたね……」

桔梗、細野、菊蔵に続き、時生がつぶやく。

「吸い込まれた……」

荒い息のまま、勇太は梅雨美を見つめている。

「……」

勇太はゆっくり梅雨美へと歩み寄る。

「梅雨美……」

みるみる梅雨美の瞳がうるんでいく。

「……待たせて悪かった」

梅雨美は込み上げる感情を懸命に抑えるが、もう我慢できそうもない。

「……ふざけんな」

「……」

「ふざけんなって……」

「……」

「……待ってなんてなかったし……」

涙があふれ、勇太の姿がぼやけていく。

「……遅いよ、バカ」と涙がこぼれ始める。

「……話を聞いてほしい。何があったのか、すべて」

そう言うと、勇太はそっと梅雨美を抱き寄せた。

勇太の胸の中で泣きながら、梅雨美は幸せに包まれていく。

風船も残り一つになった。

写真を撮り終えたカップルの女性にそれを渡そうとしたとき、

「ワン！」

吠え声が聞こえ、真礼はハッとした。

見ると、白い犬が自分に向かって全速力で駆けてくる。

「フラン……？　フラン！」

胸に飛び込んできた愛犬を真礼はしっかりと抱きしめた。

真礼の手を離れた赤い風船がゆっくりと夜空を昇っていく。

大観覧車の時計が『23：59』から『00：00』へと変わる。

聖夜の鐘の音が横浜の街に鳴り響く。

※

一年後――。

スタジオに設《しつら》えた真新しいキッチンにエプロン姿の桔梗が立っている。

「本日の料理のテーマはお弁当です。毎日のお弁当作りは本当に大変ですよね。そこで、簡単で美味しいお弁当を今日はこちらのシェフに教えていただきたいと思います」

カメラが引き、隣に立つ時生を画面に収める。

「横浜で創業して八十年以上も続く老舗洋食屋『葵亭』のシェフ、立葵時生さんです。よろしくお願いします」

「お願いします。えー、そもそもお弁当というのは、その歴史は古く、五世紀頃から始まったと言われています。古い文献に鷹狩の際に鷹のエサ袋を弁当入れの代用にし、という記述があるくらい、長い歴史があるものです。弁当という言葉は戦国時代、かの織田信長が城下で大勢の人々に食事を与えたとき、一人ひとりに配る簡単な食事という意味で生まれたと言われています。このように弁当は長い間私たちの生活の中にあり、その種類も千差万別、十人十色、人の数だけバリエーションがあり……」

台本にないうんちくを延々と話し続ける時生のアドリブトークに、隣に立つ桔梗の笑顔が引きつっていく。


あぁ、またやっちゃってるよ。桔梗さん大丈夫かな……?

報道フロアのモニターに映る父を見ながら、査子は深いため息をついた。気を取り直し、本番に向けての準備へと戻る。

スタジオに入ってきた査子に、黒種が声をかける。

「査子ちゃん、五分後にスタンバイ」

「はい」

モニターの中で延々と話し続ける時生を見ながら、国枝も呆れ気味だ。

「五分で終わんのかよ？　よこテレクッキング」

「クニさん！　始めますよ」

キャスター席に向かう査子の姿も、もはや板についてきた。

スタジオに入ってきた前島が、査子に原稿の束を渡してくる。

「〝コスモワールドにサル出現〟の原稿です」

原稿を受け取ると、査子はキャスターの表情となり、ニュースを読み上げ始めた。

『狩りや戦争、農作業などのときに途中で食事をとれるよう、家から干飯やおにぎりを持っていったという記録が残って――』

リモコンの電源ボタンを押し、モニターに映っていた時生の姿を消す。リモコンを作業台に置き、梅雨美はため息まじりにつぶやいた。

「何もこんな忙しい日にテレビに出なくても」

「仕方がありません。出たがりですからね」とあきらめたように菊蔵が返す。

「それもあるけど、断れなかったんじゃないですか。愛する人の頼みですから」

細野に梅雨美が「あるね」とうなずく。「確実に」

作業に戻った梅雨美はボウルの中のドレッシングを味見し、顔をしかめた。

「細野くん、何これ？　しょっぱくない？」

「僕じゃないですよ！」と菊蔵も味見し、顔をしかめる。「たしかにしょっぱいですね」

「え？　そんなに？」と細野も味見し、顔をしかめる。「こりゃダメですね」

梅雨美は厨房の奥に向かって、言った。

「ちゃんとやってよね。もう警察官じゃないんだからね、見習いさん」

「そろそろ仕込みぐらいは覚えていただかないと」と菊蔵が続く。「もう警察官じゃないんですから、見習いさん」

さらに細野が駄目を押す。

「もうちょっと料理のいろはを勉強したほうがいいんじゃないんですか。もう警察官じゃないんですから、見習いさん」

「たとえば、幕の内弁当。これは、江戸時代の町人たちの間で、芝居の幕間《まくあい》に食べることに由来し――」

辛抱たまらず桔梗がさえぎる。

「シェフ、そろそろお弁当を」

「あ、はい」


「見習いさん」の三連呼に、奥でフロアのモップがけをしていた新人が振り返る。

「え……？」

葵亭のユニフォームに身を包んだ天樹勇太だった。

「聞いてるの？」

梅雨美たちに問い詰められて、勇太は微笑みながら応じる。

「聞いてるよ」

手に握られているのは拳銃でなくモップ。まだ馴染んではいないが、こっちのほうが性に合っているような気がする。そう思うと、勇太は再びモップかけを始めた。


（完）

CAST

勝呂寺誠司 …二宮和也
倉内桔梗 …中谷美紀
立葵時生 …大沢たかお

【逃亡編】
笛花ミズキ……………………中川大志
狩宮カレン……………………松本若菜
八幡柚杏………………………中村アン
【地方テレビ局編】
立葵査子………………………福本莉子
折口康司………………………小手伸也
前島洋平………………………加藤 諒
黒種草二………………………大水洋介
筒井賢人………………………丸山智己
国枝茂雄………………………梶原 善
【レストラン編】
竹本梅雨美……………………桜井ユキ
細野 一 ………………………井之脇 海
山田隆史………………………今井英二
蛇の目菊蔵……………………栗原英雄

蜜谷満作 …江口洋介
真礼 …佐藤浩市

他

■ TV STAFF

脚本：徳永友一

音楽：佐藤直紀

主題歌：ミイナ・オカベ「Flashback feat. Daichi Yamamoto」

（ユニバーサル インターナショナル）

プロデュース：成河広明

演出：鈴木雅之　三橋利行　柳沢凌介

制作・著作：フジテレビ

■ BOOK STAFF

ノベライズ：蒔田陽平

ブックデザイン：村岡明菜（扶桑社）

校閲：東京出版サービスセンター

DTP：明昌堂

ONE DAY～聖夜のから騒ぎ～（下）

発行日　2023年12月25日　初版第1刷発行

脚　　本　徳永友一
ノベライズ　蒔田陽平

発 行 者　小池英彦
発 行 所　株式会社 扶桑社
〒105-8070 東京都港区芝浦1-1-1 浜松町ビルディング
電話　03-6368-8870（編集）
03-6368-8891（郵便室）
www.fusosha.co.jp

企画協力　株式会社フジテレビジョン
製本・印刷　中央精版印刷株式会社

ISBN 978-4-594-09636-6